KB112758

涉世論

섭세론

마광수 아포리즘

철학과 현실사

엄마가 섬 그늘에

엄마가 섬 그늘에
굴 따러 가면

아기가 혼자 남아
집을 보다가

아기가 혼자 남아
집을 보다가

여러 날 여러 날
집을 보다가

굶어
죽었다

2016년 2월
馬光洙

차례

涉世論

涉
世
論

우리는 다 혼자다

가지치기

가로수의 가지를 친다

이 가지는 버스가 가는 길을 방해해
이 가지는 빌딩의 창문을 가려

싹둑
싹둑

나무는 그래도 안간힘쓰며 자란다
그래서 얼마 후면 또다시
키 큰 나무로 우뚝 선다

즐겁게 즐겁게
가지를 뻗는다

1
우리는 다 혼자다

섭세(涉世, 거친 세파 헤쳐 나가기)를 비교적 원만하게 하기 위해서 우리가 가장 먼저 명심해야 할 것은, 인간은 누구나 다 고독한 존재요 '혼자'라는 사실을 인지하고 들어가는 일이다.

부모, 형제, 친구, 애인, 배우자(결혼을 했을 경우), 직장 동료, 다 필요 없다. 우정에 공을 들여 아무리 의기투합하는 사이가 되더라도, 우리는 곧장 배신당하기 쉽다. 탐정소설이 자주 채택하는 소재는 부부간의 살인이요 형제간의 다툼(특히 많은 유산을 물려받게 되는 경우)이다.

끈끈한 사제관계도 믿을 게 못 된다. 스승이나 제자에게 지나친 충성(?)을 바칠 경우, 대개는 그것이 배신으로 되돌아온다. 우리는 모두 사디스트가 되어야 한다. 특히 '사랑'은 아낌없이 빼앗는 것이지 아낌없이 주는 게 아니다.

그러므로 우리는 '당당한 이기주의자'가 되어야 한다. 절대로 적선하지 말고 절대로 기부금 같은 것을 내지 말라. 나는 가짜 자선단체에 기부했다가 손해 본 적이 많다.

교회나 절에다가 많은 액수의 헌금을 바치는 것 같은 바보짓은 없다. 천당이나 극락이란 개념 자체가 허황된 것이다. 사후(死後)의 삶이 두려워 종교단체에 헌금해봤자 더욱 느끼는 것은 공포심뿐이다. 왜냐하면 요즘 대다수의 성직자들은 사후의 심판이 있다고 겁을 줘가지고 배를 불리는 '종교 장사꾼'에 불과하기 때문이다.

또한 친구를 도와줘서도 안 된다. 도와주면 줄수록 그것은 반드시 '배신'으로 되돌아온다. 그들은 처음엔 고마워하지만, 차츰 '도움을 받았다는 사실'에 열등감을 느껴 내심(內心) 복수의 칼날을 갈게 되기 때문이다.

＊

따라서 누군가에게 의지하거나 베풂을 바라는 졸렬한 마음을 버려야 한다. 쉽게 말해서 '홀로 가기'를 체질화시켜 '홀로 서기'를 이뤄내야 한다. 그러려면 우선 '나'를 고통으로 점철된 이 세상에 내보낸 부모에게 '효도'라는 부담감을 갖지 말아야 하고, 동시에 부모에 대한 원망도 하지 말아야 한다. 부모와 우리는 어쩌다 우연히 맺어진 사이일 뿐이다.

＊

누구에게 상담이나 충고를 바라거나 조언을 구하는 것처럼 바보

짓은 없다. 그들은 '내'가 아니므로 시원스런 해답을 내려주지 못한다.

정신분석학을 창시한 프로이트는 이론적으로는 상당한 업적을 이루어냈지만, '상담요법'을 통해 정신질환자를 치료하는 의료의 면에서는 실패를 거듭했다.

혹 우울증이 깊어져 정신과 병원을 찾더라도 의사에게 상담을 구하지 말고 약만 받아 오는 게 낫다. 상담치료는 별 효과도 없으면서 아주 많은 비용을 요구하기 때문이다.

✱

세상을 살아감에 있어 우리를 가장 힘들게 만드는 것은 '인간관계'다. 아무리 '개인적 동물'로 지내려고 해도 주변 상황은 우리를 억지로 '사회적 동물'이 되라고 윽박지른다. 하지만 그래도 될 수 있는 한 '개인적 동물'이 되도록 이를 악물고 버텨야 한다. 더불어 '비굴한 의타심'도 버려야 한다. '고독'은 의타심으로부터 나온다.

✱

나는 고사성어 중에 '신독(愼獨)'이란 말을 좋아하여 지금까지 내 좌우명으로 삼아왔다. '신독'의 원뜻은 "홀로 있을 때 더욱 (몸가짐을) 삼간다"지만, 나는 그 말을 조금 변형시켜 "삼가 홀로 있는다"는 뜻으로 받아들였다. 구태여 나서서 원하는 것을 구하거나 사교에 연연하지 않고, 홀로 있으면서 (소망이 이루어지는) '때'를 기다린다는 뜻이다.

나의 교수 취직 같은 것도 이리저리 청탁해서 이루어진 것이 아니라 우연히 이루어졌다. 그 밖의 일도 그렇다. 마음이 급해가지고 오두방정을 떨면 떨수록 소망은 안 이루어진다.

"기다려라, 그리고 희망을 가져라"가 아니라, "기다려라, 그리고 마음을 비워라"가 맞다.

✳

사서삼경 중의 하나인 『주역(周易)』을 보면 "이허수인(以虛受人)"이라는 경구가 나온다. "마음을 비우고 이웃을 받아들여라"는 뜻인데, 나는 그 경구를 "이허수명(以虛受命)"으로 조금 변경시켜 보았다. "마음을 비우고 천명(天命)을 받아들여라"는 뜻인데, 여기서 '천(天)'은 종교적 의미를 갖지 아니한다. 그것은 '대자연의 운행 질서' 정도의 의미만을 갖는다.

✳

문학을 하는 사람들 사이에서는 '문단정치'라는 말이 폭넓게 받아들여지고 있다. 쉽게 말해서 교제(또는 사교)를 잘해야 작품 발표의 기회도 많이 생기고, 문학상도 많이 받고, 좋은 평가도 받을 수 있다는 것이다. 하지만 나는 그 어떤 문학단체에도 가입한 곳이 없고, 이른바 문단권력을 쥐고 있는 대형 출판사에 출판을 부탁하기 위해 자주 드나들며 '눈도장'을 찍은 적도 없다.

교수사회에서도 마찬가지다. 처음엔 다소 불이익을 받지만 계속 그런 자세로 지내다 보니 그렇게 마음 편할 수가 없었다. 세상을 살아가는 데 '교제'와 '아부'는 전혀 필요가 없다.

*

석가모니가 말했다고 전해지는 "천상천하유아독존(天上天下唯
我獨尊)"은 "내가 제일 존귀하다"라는 뜻도 되지만 "나 혼자뿐이
다"라는 뜻으로도 읽을 수 있다.

*

고독을 혼자서 처리하는 방법을 배울 필요가 있다. 다시 말해서
고독을 '습관화'시키는 것이다. 커피숍이나 술집, 그리고 영화관이
나 연주공연장 등에 혼자 가도 전혀 적적해하지 않는 연습을 해두
어야 한다. 사실상 '술친구' 같은 것은 원만한 섭세에 아무런 도움
도 주지 못한다.

*

일부러 인맥을 만들기 위해 교회나 대학의 '최고경영자 과정' 같
은 곳에 나가는 사람들이 있는데 참으로 졸렬한 짓이다. 사업을 하
더라도 친구와 동업을 하게 되면, 반드시 두 사람 사이에 싸움이 일
어나고 회사도 망한다. 반드시 홀로 가야 한다.

*

아무리 친한 친구 사이라도 말을 아껴라. 나만의 비밀을 털어놓
아서는 절대로 안 된다. 나 말고는 모두 다 적(敵)이다. 자연계의 법
칙이 약육강식이므로, 이는 슬프지만 어쩔 수 없는 사실이다.

*

세상을 홀로 가면서, 입에는 말이 적고, 배에는 음식이 적고, 머

릿속엔 생각(잔걱정이나 교활한 잔꾀 등)이 적게 하면, 심신이 건강해질뿐더러 하고자 하는 일도 잘 성취될 수 있다.

*

'일가족 동반자살' 같은 것은 집단주의 문화가 뿌리박힌 우리나라에서만 일어나는 일이다. 사실은 '집단자살'이 아니라 '타살 후 자살'이 맞다. 자식을 다 죽이고 난 다음에 자기가 자살하는 게 상례로 되어 있기 때문이다. 죽으려면 혼자 죽지 왜 애꿎은 자식들을 죽이는가. 하루빨리 집단주의 문화에서 벗어나 개인주의 문화로 가야 한다.

*

젊은 시절에 사랑에 빠져들면 '나'를 잊고 '그(또는 그녀)'만 생각하게 된다. 그래서 실연 끝에 자살하는 사람도 많다. 하지만 '사랑'은 오직 '성욕'에 불과하므로, 나 스스로의 '솔직한 이기주의'로 무장하고서, 상대방을 '성욕의 먹잇감'으로 이용하는 데 그쳐야 한다. 흔히 칭송되는 '아가페적 사랑' 같은 것은 신기루에 불과할 뿐이다.

따라서 평생 한 사람만 사랑하게 될 것 같은 착각에 휩싸여 '결혼'이라는 자살골을 택하지 말아야 한다. 결혼 후에는 반드시 '권태'가 따라붙게 되기 때문이다.

이혼율이 40퍼센트에 육박하고 있는 현실에 비추어 볼 때, 머지않아 결혼제도는 사라질 것이다.

결혼을 하는 것은 불길에 무모하게 뛰어드는 불나방 같은 짓이다. 그러므로 언제나 '나'의 솔직한 성욕을 그때그때 본능이 치닫는

대로 일시적으로만 푸는 것을 습관화해야 한다.

✳

외롭고 고달프다고 결혼을 하는 우매한 짓을 범하지 말라. 결혼은 '생존의 무거운 짐'을 덜어주기는커녕 오히려 더욱 가중시킨다. 평생 연애만 하는 게 좋다.

✳

사람의 일생을 한마디로 요약하면 이렇다. "인간은, 혼자 태어나서, 고생만 하다가, 혼자 죽는다."

✳

그러므로 헛된 희망의 노예가 되는 것은 좋지 않다. 희망에 매달릴수록 절망이 더 빨리 뒤따라오기 때문이다.

✳

가족애(家族愛)에 너무 매달리지 말라. 부부도 이혼하면 남이 되고, 자식이 원수가 될 수도 있다. 노후의 고독과 병이 두려워 결혼을 하고 자식을 낳는다고 해도, 요즘 같은 핵가족시대에서는 효도를 받지 못한다.

또한 부부 중 한쪽이 치매라도 걸리면 곧바로 '황혼이혼'을 당해 날벼락을 맞는다. 고급 양로원에 들어가기 위해 미리부터 저축을 많이 해놓는 게 낫다.

✳

어떤 확신이 섰을 때는 주위 사람들이 여러 가지 조언과 충고 또는 간섭을 하더라도 '나' 자신을 믿고 밀어붙여야 한다. 한국전쟁 당시 부산만 빼놓고 온 강토가 북한군에 접수됐을 때, 미국 정부에서는 한국 정부의 제주도 이전을 심각하게 검토하고 있었다.

그러나 맥아더 장군은 '인천상륙작전'을 혼자만의 구상으로 확정하고서 밀어붙였다. 주위 간부들이나 미국 국방성은 맥아더의 작전계획이 무모하다고 보고 한결같이 뜯어말렸다. 왜냐하면 인천 앞바다는 간만의 차이가 심해서 상륙정이 배를 육지에 댈 수 있는 시간이 하루에 겨우 30분밖에 안 되었기 때문이다.

그러나 맥아더 장군은 오랜 숙고 끝에 결정한 자신의 계획을 뚝심으로 밀어붙여 드디어 성공시켰다. 만약 그때 맥아더의 기습작전이 없었더라면 남한 전체가 북한군 손에 넘어가고 말았을 것이다.

✽

절대로 누군가에게 부탁(또는 청탁)을 해서는 안 된다. 그러면 그 '부탁'은 '부담'이 되고 결국에 가서는 '빚'이 되어 평생토록 무거운 짐이 되어버린다. 모든 일을 자력(自力)으로 할 수 있다는 확신을 갖고서 거친 세파를 헤쳐나가야 한다.

✽

종교는 우리의 '홀로 서기'를 방해한다. 한마디로 말해서 모든 종교는 (또는 신앙생활은) '자기최면'에 불과하다. '나'를 희생해가며 '신(神)'의 노예로 살아간다는 것은, 굴종적인 삶을 가져다줄 뿐만 아니라 긍정적 나르시시즘과 개척정신을 없애버린다.

"내가 곧 신(神)이다"라고 선언할 수 있어야만 우리는 '고독한 승리'의 기쁨을 맛볼 수 있다.

✳

공부도 혼자서 해야 한다. 나는 대학과 대학원에 다닐 때 스승들로부터 배운 게 하나도 없다. 공부는 모두 다 나 스스로의 독서와 사색을 통해서 했다.

소설 『폭풍의 언덕』과 『제인 에어』로 유명한 영국의 브론테 자매도 대학에서 문학을 배운 게 아니다. 그녀들 혼자서의 독서와 습작으로 문학을 익혔다.

'의식의 흐름' 기법으로 유명한 영국의 여류작가 버지니아 울프도 평생 학교에 다닌 적이 없다. 오로지 독학(과 부친의 조력)으로 일반교양과 어학, 그리고 문학창작을 배웠다.

뛰어난 발명가 에디슨의 학력은 초등학교 중퇴에 불과했다.

내가 대학과 대학원에 다닌 것은 오로지 '교수' 자격증을 획득하기 위해서였다. 이왕이면 자유시간이 많은 직업을 갖고서 먹고살고 싶어서였다.

✳

세상에 태어날 때 아주 돈이 많은 집 자식으로 태어나는 등 이른바 '현대판 귀족'으로 태어나지 못한 것을 마냥 한탄만 하고 있으면 안 된다. 그런 '우연한 행운'을 타고난 사람은 좀처럼 많지 않다.

그러므로 그게 억울해서 당장 자살을 하지 않는 한, 우리는 스스로의 힘으로 일어나 떳떳이 살아갈 수 있어야 한다. 나 역시 가족의 후광(後光)으로 덕을 본 적이 한 번도 없었다.

涉世論

겉마음과 속마음을 일치시키자

잡초

얼마 전에 나는 마당의 잡초를 뽑았습니다
잡초는 모두 다 뽑는다고 뽑았는데
몇 주일 후에 보니 또 그만큼 자랐어요
또 뽑을 생각을 하다가 이런 생각이 들었습니다.

대체 어느 누가
잡초와 화초의 한계를 지어 놓았는가 하는 것이에요

또 어떤 잡초는 몹시 예쁘기도 한데
왜 잡초이기에 뽑혀 나가야 하는지요?

잡초는 아무 도움 없이 잘만 자라 주는데
사람들은 단지 잡초라는 이유로
계속 뽑아 버리고만 있습니다

2
겉마음과 속마음을 일치시키자

여기서 말하는 '속마음'은 '잠재의식'을 뜻하는 것이고, '겉마음'은 '표면의식'을 뜻하는 것이다. 엄밀히 말해서 잠재의식은 무의식과 유사한 말로서, 우리가 자각할 수 없는 의식이다. 그러나 잠재의식의 단서가 의식에 희미하게 모습을 드러낼 경우가 있는데, 프로이트는 그것을 '전(前)의식'이라고 불렀다. 그러므로 '속마음'은 일종의 '전의식'이라고도 볼 수 있겠다.

✳

겉마음과 속마음이 일치되지 않으면 우리의 소원은 이루어지지 않는다.

겉마음과 속마음이 다르게 나타나는 좋은 예로 이른바 '야한 여자(또는 남자)'를 바라볼 때 마음에 품는 생각을 들 수 있겠다. 우리나라 사람(또는 사회)들의 '성적(性的) 이중성'은 가히 세계 최고라고 생각되는데, '야한 여자(남자)'를 바라볼 때 사람들은 대개 눈살을 찌푸리며 천박하다는 생각(또는 언어표현)을 한다. 그러나 사실 속마음은 야한 여자(남자)와 섹스하고 싶은 소망으로 충만돼 있다.

다른 것들도 마찬가지다. 한마디로 말해서, 우리나라 사람들은 거의 다 솔직하지 못하고 음흉하다고 볼 수 있다. 계속 이 상태로 나간다면 국력 신장이나 행복지수 향상은 기대할 수 없다. 물론 섹스를 직간접적으로 솔직하게 즐기지 못하는 풍토도 그런 지체현상에 큰 몫을 한다.

*

이것은 한 개인의 경우도 마찬가지다. 우리는 누구나 행복해지고 싶어 한다. 그러나 겉마음과 속마음을 일치시키지 못하면 (다시 말해서 솔직해지지 않으면) 아무리 노력해도 행복을 성취할 수 없는 것이다.

*

성욕을 못 풀어 괴로울 때, 직접 입으로 "아, 섹스고파"라고 말할 수 있어야 한다(혼자서라도). 그렇게 얘기하는 것이 창피스러워서, "아 사랑고파"라거나 "아, 고독해"라고 돌려서 얘기하면 안 된다. 다시 말해서 속마음 그대로 얘기해야 하는 것이다.

이것은 돈이나 명예 등의 경우에도 마찬가지로 적용된다. 혹 종교를 믿고 있는 사람의 경우도 같다. 기도할 때 입으로는 "세계평화, 남북통일 어쩌구저쩌구…"라고 기도하면서 속으로는 "백억만 주세요"라고 기도하면 두 가지 소원이 다 안 이루어진다. 기도 효과 역시 '자기최면 효과'를 불러일으킨다고 볼 수 있기 때문이다.

✳

사실상 우리의 속마음이 바라고 있는 것은 세속적인 것들이다. 돈, 출세, 취직, 이성(異性), 성적(性的) 쾌락, 명예 같은 것들이 속마음이 진짜 원하고 있는 것들인데, 우선 그런 소망행위에 대해 죄의식을 느끼지 말아야 한다. 종교를 갖고 있으면 불행해지기 쉬운 이유는 그런 세속적인 소망들이 나쁘다고(때로는 죄라고) 끊임없이 우리를 옥박지르기 때문이다.

✳

그런 속마음을 차마 입으로 뇌까리기 어려울 때는, '소원성취를 위한 부적'을 만들어 지갑 속에 늘 지니고 있으면 바라는 결과가 이루어진다. 무속인들이 많은 돈을 받고 그려주는 부적만 효력이 있는 게 아니다. 자기가 원하고 있는 세속적 소망들을 구체적으로 글로 써가지고 그렇게 쓴 종이를 접어 지갑 속에 지니고 다니면 된다. 나는 그런 부적의 놀라운 효력을 자주 체험한 바 있다.

✳

늘 마음을 어린아이 같은 상태로 놓아두어야 한다. 어린아이들은 속마음을 솔직하게 털어놓기(또는 떼쓰기) 때문이다. 그들은 예의나 염치 또는 체면 차리기 같은 것을 모르므로, 원시상태의 동물들과 유사하다. 아이들이나 동물들의 눈동자가 항상 맑은 빛을 띠는 것은 그들이 진짜로 솔직하기 때문이다. '솔직' 이상의 행복 쟁취법은 없는 것이다.

　흔히 "아이들은 천사와 같다"고 말하곤 하는데, 이 말은 틀렸다. 순자(荀子)가 주장한 성악설(性惡說)대로, 아이들은 탐욕스럽기 그지없고 파괴욕구가 강하다. 장난감을 사달라고 조르다가도 막상 장난감을 사주면 금세 싫증을 내어 부숴버린다. 그림동화책도 처음엔 좋아서 읽다가 다 읽고 나면 짝짝 찢어버리는 게 예사다.

　예수는 제자들에게 늘 "너희가 어린아이 같아져야 천국에 들어갈 수 있다"고 가르쳤는데, 이 말은 '욕심'이나 '파괴욕구'에서도 솔직해지라는 얘기지, '천사같이 고운 마음씨'를 가지라는 얘기가 아니다.

　그가 한 말의 요지는 "모든 것에 솔직해져야 (지상의) 천국에 들어갈 수 있다"는 얘기다. 도덕, 예의, 윤리, 종교적 교리, 염치 같은 것들은 오히려 우리의 행복한 삶이나 원만한 섭세(涉世)에 해를 끼친다.

＊

　프로이트는 우리의 속마음(잠재의식, 이드[id])이 온통 동물적 쾌락욕구로만 가득 차 있다고 보고(그런 욕구의 중심에는 성욕과 파괴욕이 있다), 그것을 슈퍼이고(super-ego, 초자아[超自我], 도덕적 자아, 검열적 자아)로 억눌러야만 인간다운 문명생활을 누릴 수 있다고 주장했다. 그러니까 프로이트는 성욕을 중요시하긴 했지만 그것의 무제한적 향유는 거부한 셈이다. 프로이트는 인간의 문명생활에는 '성의 억압'이 필수적인 것이라고 보았다.

그러나 그의 문하에서 정신분석학을 배운 빌헬름 라이히는 스승에게서 떨어져 나와 자기 스스로의 이론을 세워나갔는데, 그는 초자아의 존재 자체를 아예 부정하고 인간에게는 이드(id), 즉 쾌락욕구만 존재했다고 보았다. 종교로 대표되는 초자아는 없고, 설사 그것이 없더라도(다시 말해서 '성의 억압' 없이도) 인간은 문명생활을 누릴 수 있다는 것이다.

말하자면 성욕을 위주로 하는 동물적 욕구는 선(善)한 것이고, 그것이 제대로 충족되지 못했을 때 신경중이나 암 등의 여러 가지 육체적, 정신적 질환이 초래된다고 본 셈이다(인간의 모든 신분상승 욕구는 성욕의 보다 자유로운 충족을 최종 목표로 한다). 그는 암의 원인도 '성욕의 불충족'이라고 보아, 『암』이라는 저서를 간행하기까지 했다.

＊

나는 프로이트보다는 라이히의 학설이 더 맞다고 본다. 그러니까 우리의 속마음이 욕구하는 모든 세속적, 쾌락주의적 욕구는 모두 다 선하고 착한 것이라고 보는 것이다.

그러므로 우리는 지나치게 엄숙한 종교 교리나 도덕, 윤리, 관습법 등을 거부해야 한다. 그러면서 '속마음'을 당당하게 겉으로 드러낼 수 있어야 한다. 그러면 모진 인생살이도 그럭저럭 버텨나갈 수 있고, (정신적인 것이 아니라 육체적인) 궁극적 행복에 도달할 수 있다.

우리는 쓸데없는 죄의식을 과감하게 버릴 수 있어야 한다. 기독교에서 말하는 '원죄(原罪)' 같은 것이나 불교에서 말하는 '업보(業報)' 같은 것이야말로 쓸데없는 죄의식에서 나온 것이다.

＊

중국의 역사소설 『삼국지』나 『초한지』 같은 것을 보면, 최후의 승리를 위해 짐짓 도망가는 체하여 적군의 마음을 오만하게 만들어 전의(戰意)를 약화시킨 다음에, 돌연 태도를 바꾸어 적을 급습하는 전술이 자주 이용된다.

우리의 삶도 이와 비슷하다. 최후의 승리(행복 쟁취)를 위해 일보 후퇴할 필요가 있는 경우가 많다. 이를테면 쓸데없이 알짜배기 청춘 시절을 낭비시키는 긴 교육기간 같은 것이 그렇다.

＊

예전에 우리 조상들은 이팔청춘, 그러니까 만 15세만 되면 성인(成人)으로 간주하여 피교육자 취급을 하지 않았고, 성(性) 또한 자유로웠다.

『춘향전』에 나오는 성춘향과 이몽룡은 만 15세의 나이 때 혼전성교를 감행하고, 이몽룡은 곧이어 과거에 응시하여 장원급제를 한다. 이것은 절대 허구가 아니라 실제로도 가능한 일이었다. 조선 말엽 갑신정변 때 주도 역할을 한 서재필은 당시 나이가 20세에 불과했다. 그가 20세 전에 과거 급제를 했기 때문이다.

그런데 요즘에 와서는 옛날보다 훨씬 더 잘 먹어 성장이 빠른 사춘기 나이의 젊은이들을 '미성년자'로 못 박아버리고, 만 19세 미만의 쾌락욕구를 무조건 억누르기만 한다. 게다가 대학에 가서 4, 5년 (남학생들은 그 사이 군 복무도 해야 한다) 동안 청춘을 허비해야 한다. 그리고 중고등학교 때부터 가르치는 것도 잡다한 암기과목일 뿐 진정한 전인교육은 못 된다.

✻

이런 나이에 속하는 젊은이들이야말로 '작전상 후퇴'를 일종의 전술로 생각하여 인내력으로 버텨나가야 한다. 나도 학창 시절에 실제로 쓸모 있는 것을 배운 것은 얼마 되지 않는다. 다만 '대학교수 자격증'을 따기 위해 대학원까지 할 수 없이 다녔을 뿐이다.

젊은 시절을 '인내력 배양 기간'으로 보고 속마음(즉 본능적 욕구)을 겉으로 드러내지 말아야 한다. 그렇게 하지 않으면 '불량학생' 취급을 당해 인생 초기부터 낙오자가 돼버리기 쉬운 것이다. '속마음'이나 '속 욕망'을 거침없이 누리려면 꾹 참고 때를 기다려야 한다. 생(生)을 승리로 이끌기 위해서는 그만큼이나 '인내력'이 중요하다.

✻

사람들은 자신의 속마음, 즉 진정으로 바라는 (쾌락주의적) 욕구가 무엇인지 모르는 경우가 많다. 특히 부모가 아주 엄격한 도덕주의나 종교적 계율로 자식을 세뇌시키는 가정환경에서 자라난 사람들은 더욱 그렇다. 그러므로 지나치게 '효(孝)'의 관념에 휘둘리지 않는 자세가 필요하다. 일부러 불효를 하여 일탈적인 행동을 하라는 뜻이 아니라, 겉으로는 복종하는 체하며 속으로는 자신만의 아이덴티티(자아정체감[自我正體感])를 키워나가라는 얘기다.

＊

타인의 충고나 간섭에 무심(無心)한 태도를 견지한 것이 중요하다. 대다수의 (변태적) 도덕주의자들은 언제나 육체를 천시하고 정신만 거룩하다고 지절거려대길 좋아한다. 내 경험상 한평생 육체주의자로 시종하는 것이 좋다. 정신이 '뇌'라면 뇌 역시 육체 안에 포함되는 것이기 때문이다.

데카르트나 칸트의 '이성중심론'은 이제 물 건너갔다. 특히 최근에 각광을 받고 있는 진화심리학에서는 진화의 원동력이 '섹스욕구'라고 말한다. 열심히 돈을 버는 것도, 명예를 추구하는 것도, 권력을 추구하는 것도 모두가 '성(性)의 포만감 넘치는 충족'을 위해서라는 것이다.

한국의 '성적(性的) 엄숙주의'는 세계 최고 수준인데, 그런 가운데 아이러니하게도 음지(陰地)에서 벌어지는 음성적 쾌락 추구와 일탈행위 역시 세계 최고 수준이다.

이런 것만 보아도 우리는 한국 사람들이 얼마나 자아분열에 시달리고 있는가를 알 수 있다.

OECD 회원국 가운데 한국의 행복지수가 가장 낮은 것도 이런 이중성 때문이다. 대신 한국에서는 폭력사건이 엄청나게 많이 일어나고 부패지수 또한 엄청나게 높다. 모든 이유는 국민 각자의 '겉마음'과 '속마음'의 불일치 때문이다.

＊

　흔히 '거룩한 삶'과 '세속적 삶'이 비교되곤 하는데, '거룩한 삶'이
아무리 추파를 보내더라도 거기에 속아 넘어가지 말아야 한다. 그
러면서 '세속적 삶'이 가져다주는 행복(쾌락)을 한껏 누려야 한다.
거룩한 삶에는 반드시 '내세(來世)의 행복'이 뒤따라온다고 주장하
는 이들이 많지만, 내세는 아예 없다. 동물들은 죽으면 그만이라고
하면서, 인간들에게만 내세가 있고, 게다가 (지옥에서) 내세의 형벌
이 있다고까지 주장하는 사람들이야말로 진짜 정신질환자들이다.
그들이 아무리 겁을 주더라도 속아 넘어가서는 안 된다.

涉世論

3

사랑의 환상에 휘둘리지 말자

낭만적(浪漫的)

낭만적으로
술을 마시려 하니
배가 아프다

낭만적으로
담배를 피우려 하니
그 황홀한 연기 속에 묻혀
근사한 고독을 즐겨 보려 하니
목이 아프다

낭만적으로
사색에 잠겨 보려 하니
그래서 은은한 관조를 배워 보려 하니
근 3년째 계속되는
치신경통(齒神經痛)으로
머리가 신경질 나게 쑤시다

낭만적으로
사랑을 해보려 하니
정력에 자신이 없다

그럼 섹스는 못하더라도
낭만적으로
키스라도 해보고 싶은 생각의
굴뚝같저만
숭덩숭덩 빠진 이빨이 창피해서
못하겠다

3
사랑의 환상에 휘둘리지 말자

동양적 세계관에서 볼 때, 인간은 한평생 음양(陰陽)의 법칙에서 자유로울 수 없다. 인간사(人間事)와 세상사(世上事)가 모두 음양의 법칙을 좇아 유지된다. 음과 양을 서양의 정신분석학 이론에 대입해보면, 음(陰)은 죽음욕구(thanatos)를 관장하고, 양(陽)은 섹스욕구(eros)를 관장한다.

섹스욕구는 자기가 죽더라도 '씨', 즉 자손을 남겨 영생(永生)해보겠다는 욕구다. 이것을 다시 '생식적(生殖的) 욕구'라고 말할 수 있는데, 그래서 다윈의 진화론이나 최근의 진화심리학에서는 인간 진화의 원동력을 섹스에서 찾는다. 『야한 유전자가 살아남는다』라는 제목의 책이 세계적인 베스트셀러가 된 것은 그 때문이다.

✳

그러나 동양철학에서는 음(陰), 즉 죽음욕구에 성욕을 하나 더 첨가시키고, 양(陽), 즉 섹스욕구(종족보존의 욕구)를 단지 '먹고 싶어

하는 욕구(개체보존의 욕구)'로 한정시킨다. 한방의학에서 "음(陰)이 허(虛)하다"라고 말하는 것은 곧 "정력이 약하다"는 뜻이다. 물론 '정력'에는 여성의 정력도 포함된다.

✽

나는 동양철학적 세계관이 서양철학적 세계관보다 맞다고 생각한다. 특히 '양'보다 '음'을 우위에 올려놓는 것이 마음에 든다. 우리가 '양음'이라고 부르지 않고 '음양'이라고 부르는 것도 이 때문이다. 양은 남자이고 음은 여자인데, 동양철학에서는 그만큼이나 여성의 힘을 중시했던 것이다.

노자(老子)가 쓴 『도덕경』을 읽어보면, '현빈(玄牝)의 도(道)'가 세상을 이끌어나간다는 표현이 자주 나온다. 여기서 말하는 '현빈(玄牝)'이란 곧 여성의 성기를 가리키는 것으로서, "유연한 것이 딱딱한 것을 이긴다"나 "낙숫물(여성)이 바위(남성)를 뚫는다"는 말과 일맥상통하는 것이다.

✽

사람들 사이에서는 "먹어야만 그 힘으로 섹스할 수 있다"는 생각이 보편화되어 있는데, 사실은 그렇지 않다. 모든 먹거리들이 섹스의 결과물로 이루어지기 때문이다. 벼가 자웅교배를 해야 쌀이 열릴 수 있고, 소가 섹스를 해야 소고기가 생산된다. 그러므로 '식(食)'보다는 '색(色)'이 더 중요한 것이다.

＊

음양 가운데 음(陰)이 더 중요하다고 볼 수 있는 또 다른 이유는, 대기(大氣) 중에 퍼져 있는 산소와 질소의 양이다. 산소는 '살리는 기체'이고 질소는 '죽이는(질식시키는) 기체'다. 그런데 산소는 대기 중 5분의 1 정도에 불과하고, 그 나머지를 대부분 질소가 차지하고 있다. 만약 질소가 없다면 만물이 모두 다 불타버릴 것이다.

＊

음(陰)은 또 '죽고 싶어 하는 본능'의 의미도 가지고 있다. 죽음은 '영원한 휴식'이 되어 거친 세파 가운데서 아등바등 피곤하게 살아가야만 하는 고달픈 삶의 종결을 의미하기 때문이다.

우리가 "배고파 죽겠다", "배불러 죽겠다", "보고 싶어 죽겠다", "미워 죽겠다" 등의 말을 일상어(日常語)로 자주 쓰는 이유도 '죽음 본능'과 관계되어 있다.

＊

그런데 성욕 역시 음(陰)에 속하므로 우리는 성행위 때 맛보는 오르가슴을 통해 '무아지경'에 쾌감을 느끼게 되고, 동시에 죽음의 쾌감 근처에 도달하게도 된다. 특히 여자가 오르가슴을 느낄 때 마치 죽을 것처럼 비명을 내지르는 것도 이런 사실과 연계되어 있다.

다시 말해서 섹스행위는 '죽음의 쾌감'을 대리적으로 충족시키는 행위와 같은 것이다. 동물들 가운데는 암컷이 새끼를 낳고 나서 금세 죽어가지고, 자기의 시체를 새끼들이 파먹고 자라도록 하는 동물도 있다. 그만큼이나 섹스는 우리의 식(食), 색(色), 그리고 인생

전체를 관장하고 있는 것이다. 그러므로 섹스는 오로지 육체적 메커니즘 때문에 생긴 것이고, 정신적 메커니즘과는 전혀 관계가 없다. 또한 섹스를 주도하는 것은 여성이다.

＊

하지만 우리가 살아가는 세상에서는 (특히 한국 같은 문화적 후진국에서는) 섹스를 정신적인 것으로 취급하여, 그런 이론을 끊임없이 국민들에게 주입시킨다. 말하자면 '정신적 사랑'만 숭고하고 '육체적 사랑'은 더럽다는 식이다. 어린 시절 유치원생 때부터 사람들은 교육기관을 통해 그런 변태적 '사랑 방식'에 길들여지게 된다.

내가 보기에 육체적 사랑(그중에서도 특히 '생식이 아니라 쾌락만을 위한 섹스')이 변태적인 게 아니고, 정신적 사랑이 진짜 변태적인 것이다. 정신적 사랑은 우리 '몸'의 육체적 메커니즘을 거스르는 행위이기 때문이다. '사랑의 환상'은 이럴 때 생겨난다.

＊

우리 사회에서는 이른바 '치정 사건'이 많이 일어나는 것을 볼 수 있다. 변심한 애인을 죽이기도 하고, 심지어 애인이 변심했다고 총을 가지고 군대에서 도망쳐 나와 무차별 난사를 하는 경우도 있다. 또한 사랑이 이루어지지 못할 때 자살을 하거나, 상사병으로 신음하다 죽는 수도 있다.

그런 사건이 일어나는 근본적 원인은, '사랑'을 '성욕'으로 인지하지 못하고 '정신적(나아가서는 아가페적) 결합'으로 인지하기 때문이다.

밥을 계속 먹다가 싫증이 나서 빵으로 바꿔 먹는 행위를 우리는 비난하지 않는다. 설렁탕을 아무리 좋아하는 사람이라도, 어제도 설렁탕, 오늘도 설렁탕, 내일도 설렁탕 식으로 가면 그만 질려버리고 만다. 사랑도 마찬가지다. 평생 한 명의 상대와 이심전심의 관계를 유지할 수는 없는 것이다.

결혼은 한마디로 말해서 '섹스의 무덤'이므로 반드시 권태기가 오게 마련이고, 그걸 참고 살다 보면 우울증이나 울화병에 걸린다. 특히 요즘 같은 핵가족 시대에는 '가족애(시집, 처갓집, 주변 친척들을 모두 포함하는)'란 없다고 봐도 된다. 또 국민소득이 높아진 상황에서는 '식욕'에 대한 관심을 '성욕'에 대한 관심으로 돌리게 되므로, '정신적 유대감'이나 '정신적 애정' 같은 것은 옛말이 되어버리는 것이다.

✳

그러므로 우리는 '사랑'을 '음식'과 동일시해야 하고, 사랑이 곧 성욕이라는 진실에 눈떠야 한다. '사랑의 환상', 즉 '정신적 사랑에 대한 집착과 미련'에서 벗어나야만 치정 사건으로 인한 살인이나 자살 등을 저지르지 않게 되는 것이다.

특히 요즘같이 이혼율이 40퍼센트에 육박하는 시대에, 평생을 사랑하겠다는 거짓 맹세를 하며 사치스런 결혼식을 올리는 것은 정말 바보 같은 짓이다. 군이 결혼을 하려면 반드시 '계약동거 후 결혼' 방식을 따라야 한다. 권태로운 결혼생활만큼이나 스트레스를 주는 것은 달리 없기 때문이다.

＊

대다수의 종교에서는 '아가페적 사랑(성스럽고 숭고한 정신적 사랑)'을 강조하는데, 사실상 아가페적 사랑은 허구일 수밖에 없다. 보수적 종교(특히 기독교)에서 섹스를 불결하게 보고, 동성애를 반대하며, 오로지 '자식 생산으로서의 섹스'만 필요악으로 보는 것은, 사람들을 불행으로 몰아가는 원인 중의 하나가 된다. 식욕, 성욕, 수면욕은 인간의 3대 본능인데 그중의 하나를 단념하라는 얘기이기 때문이다.

＊

동양에서는 예부터 종교재판이나 마녀사냥, 그리고 동성애자 처벌 같은 것이 존재하지 않았다. 그런데 서양에서는 로마 시대 중기에 기독교를 국교로 정한 이후부터 끊임없는 종교전쟁(특히 가톨릭과 개신교 간의)과 종교재판, 그리고 마녀사냥을 통한 무자비한 학살이 행해졌다. 자위행위를 하는 것도 죄로 취급했고 동성애자는 불태워 죽이거나 중한 형벌에 처했다. 유미주의 작가 오스카 와일드가 동성애자라는 죄목으로 징역을 살고, 징역 이후에는 고된 징역살이의 후유증으로 폐인이 되어 요절한 것이 불과 백여 년 전의 일이다. 이 모두가 사랑을 성욕으로 보지 않으려는, 그리고 개인 각자의 성(性) 취향을 인정하지 않는 어거지 논리 때문에 일어났다.

＊

'사랑의 환상'에 휘둘리면 행복한 섭세(涉世)가 불가능하다. 최근의 정신분석학자들은 이른바 '로맨틱 러브', 즉 '중세기적인 정신적 사랑'을 일종의 정신질환으로 본다. 쉽게 말하여 '성적(性的) 결벽증'이나 '불감증'으로 간주하는 것이다.

그러므로 연애를 하는 사람들은 섣불리 "당신을 평생토록 영원히 사랑하겠다"는 식의 맹세는 하지 않는 게 좋다. 그러다가 사랑의 배반(?)이라도 하게 되면 상대방으로부터 살해당할 우려가 있다.

*

앞에서 얘기했듯이 동양에서는 여성(음)이 남성(양)을 이긴다고 본다. 여성은 음양오행 이론상 물(水)로 비유되고 남성은 불(火)로 비유되는데, 물로 불을 끌 순 있어도 불로 물을 막을 수는 없다.

따라서 섹스행위에 있어서도 여성은 전신(全身)이 성감대가 되어 '멀티 오르가슴'을 느낄 수 있지만, 남성의 성감대는 성기에만 국한돼 있어 오르가슴의 지속시간도 짧고 힘만 많이 든다. 그러므로 섹스를 주도하는 것은 겉보기와는 달리 남성이 아니라 여성인 것이다.

*

현대인의 섹스가 생식적 섹스보다는 비(非)생식적 섹스(쾌락을 위한 섹스, 또는 놀이로서의 섹스)에 치중한다고 볼 때(거기에는 20세기 중엽에 개발된 여성의 경구 피임약이 큰 역할을 하였다), 섹스의 주도자인 여성의 성관(性觀)부터 개혁할 필요가 있다. '순결 이데올로기' 같은 봉건적 사고에서 반드시 벗어나야 하고, '섹스에 대한 부끄러움'을 오히려 반성하며 '야한 여자'로 변신해야 하는 것이다. 이른바 '헤픈 여자'는 부도덕한 여자가 아니라 '자유로운 여자'다.

섹스는 단순한 스포츠로 즐겨야지, 거기에 심각한 '사랑의 환상'을 끼워넣으면 안 된다. 특히 섹스를 '2세의 생산을 위한 신성한 의식'이라고 생각하면 얼마 못 가 죄의식 섞인 노이로제에 걸리게 된다.

우리는 섹스를 즐기는 데 있어 육체적 만족을 추구하는 미식가(美食家)가 되어야 하지, 그것을 '영혼의 양식'으로 받들어 모셔서는 안 된다. 계속 그러다 보면 이중적 성관(性觀)에 빠져들게 되어 성격 파탄자가 된다. 그러다가 결국에 가서는 '겉'과 '속'이 달라져 소설 『지킬 박사와 하이드』처럼 "낮에는 신사, 밤에는 괴물"로 살게 되는 것이다. 그러면 우리의 즐거운 섭세(涉世) 역시 불가능해져 버린다.

＊

내가 고등학교에 다니던 시절에는 남녀공학이 거의 없었다. 남자들끼리만 배우다가 남녀공학 대학에 입학하니까 여학생들이 모두 천하절색으로 보였다. 그런데 한 학기를 끝내고 나자, 여학생들의 외모가 모두 그저 그런 평범한 얼굴로 보이는 것이었다.

연애행위에서는 '첫인상'이 가장 큰 비중을 차지하는데, 그 '첫인상'마저도 금세 변덕을 부린다. 내가 보기에 연애행위에서는 '첫인상'보다도 '첫 섹스'가 더 큰 비중을 차지한다. 속궁합도 안 맞춰보고서 첫인상이라는 허상(虛像)에 시달려 상사병으로까지 가는 우매한 짓을 해서는 안 된다. 사랑해서 섹스하는 것이 아니라, 섹스해

보고 나서 사랑(물론 육체적인)하게 되는 것이다.

❋

우리네 삶에서 가장 큰 비중을 차지하는 것은 섹스다. 그것이 생식적 섹스든 비생식적 섹스든, 어쨌든 섹스다. 따라서 우리는 보다 즐겁게 섹스를 즐길 수 있어야만 다른 일들도 모두 다 잘 풀려가게 되는 것이다.

4

종교에 농락당하지 말자

사랑의 슬픔

오 내 사랑, 넌 내가 팔베개 해주는 걸 좋아했지
내 팔에 안겨 새근새근 잠들곤 했지

처음에 난 그저 행복하기만 했어
곱게 잠든 네 얼굴에 키스하며 온밤을 새웠어

오 내 사랑, 제발 기억해 다오
내가 아픔을 참고 매일 밤 팔베개를 해줬다는 걸

하지만 난 결국 팔에 신경통이 생겨
더 이상 팔베개를 해 줄 수가 없었지 정말 아팠어

오 내 사랑, 그러자 넌 내 곁을 떠났다
내가 자기를 사랑하지 않는다고 화를 내며

나는 팔이 아파 너를 붙잡을 수가 없었다
다만 애원하며 설득했을 뿐, 이것이 사랑의 실존이라고

오 내 사랑, 그래도 넌 내 곁은 떠났다
팔베개 하나 못해 주는 남자를 이해할 수 없다며

그립다 내 사랑, 제발 기억해 다오
내가 매일 밤 팔베개로 널 재웠다는 걸

돌아와라 내 사랑,
이젠 팔이 다 나았으니

4
종교에 농락당하지 말자

우리는 신라의 첫 번째 왕 박혁거세가 알(卵)에서 출생했다고 기록돼 있어도 그것을 신화나 전설에 불과하다고 생각한다. 고구려를 세운 주몽도 마찬가지다. 그 역시 알에서 태어났다고 기록돼 있지만 그것을 진실이라고 믿는 사람은 아무도 없다. 단지 신화로 볼 뿐이다.

✻

그런데 기독교 신자들은, 기독교에서 '신(神)의 아들'이라고 떠받드는 예수가 섹스를 안 한 처녀 어머니한테서 태어났다는 것은 진실이라고 우긴다. 게다가 예수가 죽은 뒤 부활했다는 것도, 그것을 신화나 전설로 받아들이지 않고 진짜 사실이라고 믿는다.

✻

불교도 마찬가지다. 석가모니는 어머니의 보지를 통해서 출생하지 않고 어머니의 몸 옆구리에서 태어났다고 기록돼 있다. 또 태어나자마자 말을 했고("천상천하유아독존"), 그가 갓 태어난 아기 상태에서 걸음을 옮길 때마다 연꽃이 피어났다고 하는데, 불교 신자들은 그것을 사실로 믿는다. 물론 불교에는 기독교보다는 비교적 사고(思考)의 유연성이 있어, 그걸 신화로 보는 신자들도 더러 있다.

또 기독교에서는 예수가 죽은 뒤 부활했다고 우기지만, 불교에서는 석가가 병사(病死)했다고 되어 있어, 한결 종교적 광기(狂氣)가 덜한 게 사실이다.

✱

나는 고등학교에 다닐 때 독서광이었는지라 고전이라는 것은 거의 다 읽었는데, 그 가운데는 그 유명한 단테의 『신곡(神曲)』도 들어 있었다. 그런데 『신곡』에서는 석가모니가 지옥에 있는 걸로 설정돼 있어 이건 좀 아니라는 생각이 들었다.

단테가 신봉하는 기독교 원리로 볼 때, 예수를 통하지 않고서는 결코 천국에 들어갈 수 없으므로, 그런 황당한 얘기를 만들어낸 것이었다. 석가는 예수보다 500년 전 사람인데 어떻게 예수를 통할 수 있단 말인가?

✱

내가 감명 깊게 본 영화 가운데, 청초한 미녀 오드리 헵번이 주연으로 나온 1959년 영화 『파계(破戒)』(원래의 제목은 '수녀 이야기')가 있다. 독실한 가톨릭 신자인 여주인공이 자발적으로 수녀가 됐다가, 결국에 가서는 가톨릭 교리에 회의를 느껴 수녀생활을 그만 둔다는 이야기로 되어 있다. 여주인공이 수녀로 있으면서 교리나 생활수칙 같은 데 의문을 느껴 수녀원장이나 주교 신부에게 질문을 하면, 그네들은 무조건 "순종하라"고 대답한다. '순종'이란 말이 이 영화에서 가장 많이 나오는 단어였다.

가톨릭이든 개신교든, 기독교에서는 하느님께 대한 무조건적인 순종을 강조한다. 그리고 신이 우리의 운명을 미리 다 정해놓았으 니(예정론) 불행이 닥쳐오더라도 불평하지 말라고 가르친다.

✻

이래가지고서는 도무지 개인의 주체적 노력이 생겨나올 수 없다. 잘돼도 하느님 뜻이요 못돼도 하느님 뜻이다. 그러니 이런 교리가 미신으로 치부되는 사주팔자(四柱八字) 이론과 무엇이 다르단 말 인가?

✻

불교에서는 원칙적으로 절대로 섹스하지 말라고 가르친다. 석가 모니의 표현에 의하면, 성기를 이성의(異性) 성기와 결합시키는 것은 '독사의 아가리'에 몸을 집어넣는 것과 같다.

그래서 그런지 불법에 정진해보겠다는 극단적 성격의 남자 승려 들은 자신의 자지를 잘라버리기까지 하였다.

또한 김동리가 쓴 소설 「등신불(等身佛)」에서처럼 이른바 '소 신공양'이라고 해서 자기 몸을 새카만 숯이 되도록 만드는 '분신자 살'도 불교에서는 칭찬받는다. 정말로 무시무시한 자학(自虐)이라

하지 않을 수 없다.

최근 급진적 이슬람교도들이 벌이는 '자살폭탄 테러' 역시 지독한 종교적 자학행위다.

✳

나와 아주 친하게 지내는 고등학교 동기가 있다. 그는 얼마 전부터 교회에 나가기 시작하여 열성적인 신자가 되었다. 그런데 어느날 그 친구는 내게 교회에 나갈 것을 간곡히 권하면서 이렇게 말하는 것이었다.

"너도 이제 노년에 접어들어 곧 죽을지도 모르는데 지옥이 무섭지도 않니? 제발 교회에 나가라."

그 친구는 죽은 뒤에 천국이나 지옥이 있다고 굳게 믿고 있는 것 같았다. 그는 직업이 대학교수다. 나는 그 친구가 하는 말을 듣고 기가 막혔다. 한국 지성계의 현실이 바로 이 정도 수준이다.

✳

종교에 광적(狂的)으로 빠져들면 인생을 저당 잡혀 응당 불행해진다. 특히 다신교보다 일신교(一神敎)가 더 피해가 심하다. 우리나라의 전통신앙은 다신교인 샤머니즘이었기에 서양의 중세 암흑시대 같은 대량살육을 피해갈 수 있었다. 그런데 20세기에 이르러 일신교인 기독교가 종교적 우위를 점하게 된 것은 실로 통탄스러운 일이다.

지금 세계를 살육의 도가니로 만들고 있는 종교는 일신교인 기독교, 이슬람교, 유대교다. 그들은 다시 또 여러 교파로 갈라져 끊임없는 살상행위를 저지르고 있다.

✳

한국에는 이상하게도 '종교세'가 없다. 이 세상에 세금 안 내고 공짜로 돈을 버는 유일한 직업과 사업체가 목사, 승려와 교회, 사찰이다.

신도들은 성직자(?)의 황당한 거짓말에 속아 무조건 돈을 갖다 바친다. 특히 기독교 개신교에서는 신자들에게 '십일조(번 돈의 10분의 1을 헌금하는 것)'를 내야만 천국에 갈 수 있다고 윽박지른다.

십일조는 유대나라 구약시대에 유대민족이 만든 계율이다. 그러나 그 당시는 제정일치 사회였으므로 십일조는 헌금이자 세금이었다.

그런데 지금은 제정일치 시대가 아니므로 따로 십일조를 낼 필요가 없다. 그런데도 개신교 신자들은 세금도 내고 십일조도 낸다. 교회를 욕하기 전에 우매한 신자들의 미개한 사고방식이 한탄스럽다. 그런데 그런 '우매한 신자'들 상당수가 고학력자라는 사실에 나는 놀랄 수밖에 없는 것이다. 종교에 돈을 낭비하는 인생은 바보 같은 인생이라는 것을 명심하라.

✳

모든 일신교 신앙의 바탕이 되는 것은 '죽은 뒤의 세상에 대한 공포심'이다. 기독교와 이슬람교는, 착한 신자들은 죽은 뒤에 천국에 들어가서 영원한 복락을 누리게 된다고 자신 있게 말한다. 악한 신자는 물론 지옥으로 간다. 특히 기독교 개신교에서는, 예수를 안 믿고서 지극히 선한 삶을 살았더라도 그런 사람들 역시 지옥으로 간다고 말한다. '오직 예수만이 구원'이라는 것이다.

*

불교에서는 '윤회'를 강조하며 착하게 살면 내생(來生)에서 행복한 삶을 살게 된다고 말한다. 그러므로 현생(現生)에서 빈한하게 살더라도 그것을 억울해하면 안 된다고 가르친다. 현생의 불행은 전생(前生)에 저지른 악(惡)에 대한 업보(業報)이므로 불만을 그저 꾹꾹 눌러 참고 살아야 한다는 것이다.

*

윤회이론을 접하면서 내가 의아하게 생각한 것은 세계 인구의 폭발적 증가 현상이다. 사람이 죽어 다시 사람으로 태어난다면 어떻게 인구가 그토록 많아질 수 있겠는가? 곤충이나 동식물이 죽은 뒤에 사람으로 태어났단 말인가? 서기 1세기경 세계 인구는 1억 명 정도밖에 되지 않았다. 그런데 지금 세계 인구는 73억 명 정도다.

*

내가 보기에 천국이나 지옥(또는 극락이나 지옥)은 민중들을 겁주기 위해 종교산업자들이 만들어낸 허구다. 그렇게 겁을 줘야 무지몽매한 민중들이 헌금을 많이 하기 때문이다. 그런데 한국의 경우, 그런 '무지몽매한 민중들' 가운데는 사회지도층에 속하는 사회상층부 사람들(정치가, 고위관료, 대학교수, 사업가 등)도 포함돼있는 것이다.

　의학적으로 확실히 사망한 이후에 얼마 후 다시 살아나는 경우가
드물지만 있다. '심령과학'이란 분야의 연구자들이 서구에는 많은
데, 그들은 사람이 죽은 이후에 영혼이 육체에서 분리되어 한 차원
높은 영적(靈的) 세계로 들어간다고 주장한다.

　서양의 경우 죽었다가 다시 살아난 사람들의 증언에 의하면, 자
신이 거대한 빛의 통로를 통과하여 천사들을 만나고, 이윽고 예수
와 대면하게 되었다는 것이다. 그리고 예수가 "너는 세상에서 할 일
이 남아 있으니 더 있다가 오너라"라고 말하면서 자신을 다시 소생
시켜주었다고 말한다. 그래서 그들은 '저승의 세계'는 분명히 있고,
예수가 그 저승세계를 주재한다고 증언한다.

　그런데 재미있는 것은 중국이나 한국 같은 동양의 경우, 죽은 뒤
에 다시 살아난 사람들의 얘기가 서양 사람들과는 전혀 다르다는
사실이다. 오래전 MBC에서 『이야기 속으로』라는 실화 프로그램을
오랫동안 방영했는데, 시청자들 가운데는 자기가 사후(死後) 체험
을 했다고 하면서 그 내용을 제보하는 경우가 많았다.

　그런데 그들은 한결같이 죽을 때 천사가 아니라 검은 옷을 입은
저승사자가 왔고, 그에게 끌려가 염라대왕을 만났다고 증언했다.
그러고서 염라대왕이 다시 자기를 이승으로 돌려보냈다는 것이다.

　이러한 동서양의 차이는, 죽은 뒤의 체험이 실제 체험이 아니라

살아 있을 때 주입된 상징적 설화에 영향 받은 환상에 불과하다는 것을 알려준다. 그러므로 종교가 저승세계를 말하며 아무리 겁을 주더라도 우리는 절대 겁먹지 말아야 한다. 내 생각에는 죽으면 그것으로 끝이다. 우리는 다시 흙으로 돌아갈 뿐이다.

✳

만약에 결혼을 감행할 경우, 어떤 특정 종교에 깊이 빠져 있는 이성(異性)과 결혼해서는 절대로 안 된다. 당장엔 서로 사랑한다고 착각할지 몰라도, 결국에 가서는 가정파탄의 원인이 된다. 증세가 한결 심한 광신자 아내(또는 남편)와 같이 사는 것은 곧 지상(地上)의 지옥을 스스로 만들어내는 것과 같다.

✳

또한 자신의 종교를 자식한테 강요해서는 절대로 안 된다. 그런 가정교육은 자식들의 반발심을 불러일으킬뿐더러, 나중에 가서는 자식들이 삐뚤어진 심성(心性)을 갖게 되어 일탈자(逸脫者)의 삶을 살게 될 가능성이 높다. 이른바 '모태신앙' 같은 말은 사라져야 한다.

✳

예수는 "진리가 너희를 자유케 하리라"고 말했지만, 나는 그것보다는 "자유가 너희를 진리케 하리라"가 더 맞다고 생각한다. 그래서 나는 그런 제목의 에세이집도 한 권 출간했다.

'진리'로 포장되는 온갖 종교 교리, 도그마, 이데올로기 등이 우리를 옥죄면, 우리는 선입견에 얽매여 유연성 있는 사색이나 통찰을 할 수가 없다. 우리는 죽을 때까지 '자유정신'으로 무장하여 온갖 독단론과 싸울 필요가 있고, 그래야만 '참 자유인'으로 우뚝 설 수가 있는 것이다. 종교나 이데올로기의 노예상태로 살아가는 삶은 정말 비참한 삶이다.

✳

일신교 종교인들은 신(神)이 있다고 한결같이 주장하는데, 그럼 당장 이런 질문이 튀어나올 수밖에 없다. "그럼 신은 누가 만들었나?"라는 질문이 그것이다. 버트런드 러셀이나 공자 식으로 불가지론(不可知論)을 고수하며 살아가는 것이 평탄한 섭세(涉世)에 한결 유리하다. 쓸데없이 잔머리를 굴릴 필요는 없는 것이다. 모르는 것은 그냥 모르는 채로 살아가자. 잘 먹고, 잘 놀고, 잘 섹스하는 데서 삶의 보람을 찾아라.

✳

가장 딱해 보이는 종교는 기독교 가운데서도 '여호와의 증인' 교파다. 그들은 아무리 큰 사고를 당해도 타인의 피를 수혈하는 것을 거부한다. 그 교파의 교리가 그렇기 때문이다. 그렇게 속절없이 죽으면 과연 그네들은 빛으로 가득 찬 천국으로 들어갈까?

✳

천국은 밤이 없고 낮만 있으며 항상 환한 빛으로 충만해 있다고 하는데, 밤이 없고 달도 없는 세상이란 나로서는 끔찍한 세상이다. 도무지 낭만이 없고, 달밤의 무드 있는 키스도 불가능한 무미건조한 세상이기 때문이다.

5

마음의 장난에 속아 넘어가지 말자

착각은 아름답다

사랑은 상대방에 대한
착각에서 온다
그러므로 착각은 아름답다

나는 오늘도 착각 속에서 산다
내가 참 잘생겼다는
나의 섹스 테크닉이 뛰어나다는

그래서 나는 언제껏 기다린다
착각 때문에 나를 사랑해줄 여자를
착각 때문에 나와 동거해줄 여자를

하지만 둘 다 서로 착각해야 한다
그게 힘들 것 같아 나는 우울하다
하지만 착각에서 깨어나고 싶진 않다

5
마음의 장난에 속아 넘어가지 말자

흔히들 '정신력의 기적'을 말한다. 나도 장래가 불투명하여 '미래의 삶에 대한 공포'에 떨던 대학 시절에, 미국의 심리학자가 쓴 『정신력의 기적(*Miracle of Mind Power*)』이라는 책에 심취했던 적이 있다. ('마음'이나 '정신'이나 같은 뜻이다. 영어로는 모두 'mind'라고 쓴다.)

마음이 기적을 이루어내어 바라는 것을 성취시킨다고 주장한 책 『시크릿』은 몇 년 전 우리나라에서 백만 부 이상 팔리는 기록을 세웠다. 졸업한 제자가 보내줘서 나도 그 책을 읽어봤는데, 내가 보기엔 그 책에 쓰인 내용들이 독자를 '일시적인 마취상태'에 빠뜨리는 마약같이 생각되었다.

✱

정신력(또는 마음)의 기적을 상징적으로 교시(教示)하는 한자로 된 금언에 "정신일도하사불성(精神一到何事不成)"이라는 말도 있다. 정신력만 굳세게 기르면 못 이룰 게 하나도 없다는 이야기다. 그러나 이 말 역시 잠시 동안만 긍정적 용기를 심어줄 뿐, 원하는 것을 실제로 성취시켜주진 못한다. '마음의 힘'을 강조하는 이야기들은 모두 다 '마음의 장난'에 대해서는 무지(無知)하기 때문이다.

❊

'마음의 장난'을 시사해주는 이야기는 참으로 많다. 이를테면 앞에서 언급했던 '종교적 기적' 같은 것이 그렇다. 가톨릭 신자들이 굳게 믿고 있는 '파티마의 기적' 같은 게 좋은 예다. 언젠가 남유럽 파티마 지역에 사는 어린 소녀 세 명이, 성모 마리아가 실제 사람 모습으로 나타나 인류의 미래를 예언해주었다고 증언했다. 그리고 로마 교황청의 여러 심사 과정을 거쳐 소녀들의 체험은 진짜 '기적'으로 인정되었다.

❊

하지만 성모 마리아를 신격화(神格化)하지 않는 기독교 개신교도들에게 성모 마리아가 직접 나타난 경우는 없다. 그들에게는 대개 예수 그리스도가 나타난다.

1960년대에 참신한 기풍의 명작 단편소설을 많이 썼던 작가 김승옥은 중년의 나이가 된 어느 날 실제로 예수를 만났다고 증언했다. 그리고 예수가 자기에게 외국에 나가 기독교를 전도하라는 '종교적 사명'을 지시했다고 말했다. 그래서 그 이후 김승옥 작가는 소설 쓰기를 중단하고 기독교 서적을 섭렵하기 시작한다. 그리고 신앙 간증 서적까지 써서 출판하고, 신학대학에 들어가 목사 코스를 밟기도 한다.

✽

가톨릭 신자들에게는 거의가 성모 마리아가 현신(現身)하고, 개신교 신자들에게는 거의가 예수 그리스도가 현신한다. 또한 불교 신자들에게는 거의가 관세음보살이 현신한다.

✽

또 앞서 얘기했듯이 죽었다가 잠시 후 다시 살아난 사람들이 증언하는 내용도 그 사람이 믿는 종교에 따라 다 다르다.

인간은 심장활동이 완전히 멎어 사망상태가 된 이후라도 뇌의 활동은 수 분간 지속된다는 것이 현대의학에 의해서 밝혀졌다. 그런데 기적적으로 심장이 소생하여 다시 살아난 사람들이 이따금 있다. 그들은 자기가 영적(靈的)인 세계에 가보았다고 증언한다.

재미있는 것은, 그런 사람들이 죽은 뒤에 가봤다는 '영적 세계'가 동서양인들 간에 확연한 차이를 보여준다는 사실이다. 서구인들은 거의 다 '찬란한 빛'을 보고 나서 예수를 만났다고 얘기한다. 그런데 동양인들은 거의 다 '검은 옷을 입은 저승사자'를 만나 염라대왕 앞으로 끌려갔다고 얘기한다.

이런 사례들이 바로 '마음의 장난'을 확실하게 시사해주는 이야기들이라고 할 수 있다.

✽

'마음'을 너무 신성시(神聖視)하면 안 된다. 불교에서는 "일체유심조(一切唯心造)"라고 하여 유심철학을 내세우고 있다. 그래서 마음을 맑고 깨끗하게 닦기 위해 참선을 많이 한다.

그러나 참선할 때 몰려오는 것은 첫 번째가 '졸음'이고 두 번째가 '잡념'이다. 실제로 '무아(無我)의 경지'에 들어가는 고승(高僧)은 아주 희소하거나 아예 없다. 어떤 경우에는 너무 참선에 열중하다가 미치기까지 한다.

*

불교가 참선을 강조한다면 기독교는 기도를 강조한다. 그런데 너무 기도에 광적(狂的)으로 열중하다 보면 허깨비 천사나 허깨비 예수를 보기도 하고, 지옥이나 천국에 다녀오기도 하고, 정체불명의 언어(이른바 '방언')를 쉴 새 없이 지껄이기도 한다.

이런 현상들 역시 '마음의 장난'에 불과한 것인데도, 기독교 신자들은 그것을 '신의 축복'이나 '기적'이라고 말한다.

*

이처럼이나 '마음' 또는 '정신'은 부질없고 경망스럽고 변덕스러운 것이다. 그러므로 우리가 구체적으로 행복해지기 위해서는, '마음의 힘'에 의지하기보다 '마음으로부터의 자유'를 이뤄내야 한다.

*

나는 젊어서 영어를 공부할 때, 미국인을 만나 얘기하다 보면 벌써부터 '영어 공포증'이 밀려와 영어 회화가 제대로 되지 않았다. 그런데 술 마시는 자리에서 미국인을 만나 얘기하다 보면, 술기운 때문에 영어 회화가 수월하게 이루어졌던 기억을 갖고 있다.

맨정신으로 얘기한다는 것은 마음의 간섭(영어를 잘 못할 것이라는 선입관)을 받는다는 걸 의미한다. 그런데 술을 마시면 그런 '마음의 간섭'이 대폭 줄어들어 우리가 선천적으로 갖고 있는 '동물적 위기 대응 능력'이 활기차게 작동하게 된다. 그래서 자신도 모르게 영어 회화를 술술 막힘없이 하게 되는 것이다.

＊

이런 경우는 짝사랑을 하던 상대에게 프러포즈를 할 때도 적용되고, 불면증에도 적용된다. 불면증은 잠이 안 와서 생기는 것이 아니라 '불면에 대한 공포' 때문에 생겨난다. 그래서 적당한 음주가 불면증에 도움이 되는 것이다.

이처럼 미리부터 겁을 먹는 것을 정신의학 전문용어로는 '기대불안'이라고 한다.

＊

마음이 개입하여 우리를 괴롭히는 것 가운데는 섹스행위도 들어간다. 특히 남성들은 나이의 고하, 정력의 유무를 불문하고 모두 기대불안 심리를 갖고서 섹스행위에 임하게 된다. 즉 '발기부전'이나 '조루'에 대해서 미리부터 겁을 집어먹는 것이다.

아는 것이 많은 지식인들일수록 그런 현상은 더 많이 일어난다. 마음(정신)의 활동을 별로 하지 않는 육체노동자나 아프리카 오지에 사는 원주민 남성들은 아주 왕성한 성욕과 성 능력을 갖고 있다.

말하자면 그들은 '유심론자(唯心論者)'가 아니라 '유물론자(唯物論者)'이기 때문에, '동물적 순수성'과 '본능적 야성(野性)'을 간직하고 있는 것이다.

*

'마음'에 너무 집중하다 보면 한 개인뿐만 아니라 한 나라도 망할 수가 있다. 조선이 망한 이유는 그때의 지배 엘리트들이 너무 '심학(心學)'에 노력을 쏟아부었기 때문이다.

성리학(또는 주자학)을 다른 말로 '심학'이라고도 하는데, 조선을 망하게 만든 요인 가운데 하나인 치열한 당쟁(黨爭)도, 마음이 '이(理)'로 이루어졌느냐, '기(氣)'로 이루어졌느냐 하는 문제에 대한 공리공론으로 선비들이 총력을 기울여 싸워댔기 때문에 일어났다.

*

조선의 '심학'을 대변하는 대표자라고 할 수 있는 이율곡, 이퇴계, 서경덕 세 사람은 각기 다른 주장을 갖고 있었다. 이퇴계는 주리론(主理論)을 주장했고, 이율곡은 이기일원론(理氣一元論) 또는 기발이승론(氣發理乘論)을 주장했다. 그리고 서경덕은 굳세게 주기론(主氣論)을 밀고 나갔다.

그들의 제자들이 벌인 '허망한 논쟁'이 나중에 가서는 피 튀기는 살육전으로까지 발전했고, 그것 때문에 조선왕조는 '실학'에 어두워져 멸망했던 것이다.

*

이퇴계가 주장한 주리론은 서양으로 말하자면 플라톤이 주장한 '이데아론'과 흡사하다. 그리고 이율곡이 주장한 이기일원론은 아리스토텔레스의 주장과 흡사하다. 또 서경덕이 주장한 주기론은 마르크스의 유물론과 흡사하다.

그런데 플라톤의 '이데아론'이 근대에까지 세력을 떨쳐, 그것은 데카르트와 칸트에 이르러 '이성우월론'으로 발전했고, 계몽주의와 합리주의의 토대가 되었다.

✳

하지만 데카르트의 이성론은 빈껍데기에 불과했다. 그는 있지도 않은 신(神)의 존재를 '이성적으로' 증명하는 데 일생을 바쳤기 때문이다. 칸트 역시 이성의 힘이 작용하는 '양심'이라는 것을 굳세게 믿었다.

그러나 맹자의 성선설(性善說)에 가까운 칸트의 양심론(또는 양식론[良識論])은 역사에 실제로 적용되지 못했다. 오히려 성악설(性惡說)을 입증이라도 하듯이, 서구는 제1, 2차 세계대전과 유대인 학살이라는 참화를 겪어야 했던 것이다. 이데올로기(이데아 또는 이성, 마음, 정신)의 힘은 그토록 무력했다.

마르크스의 공산주의 이데올로기 역시 러시아 혁명으로 발화되어 천만 명 이상이 사망한 끝에 공산주의 국가를 이룩했지만, 소련은 나중에 가서 어이없게 빠른 속도로 붕괴해버렸다.

✳

예수는 "마음이 가난한 자가 복이 있다"고 말했고, 아울러 "너희가 어린아이처럼 되지 않으면 결단코 천국에 들어갈 수 없다"고도 말했다. 석가모니 역시 '공(空)'을 강조했고 거기에서 "공즉시색(空即是色)"이라는 패러다임이 형성되었다.

마음이 가난하다는 것은 욕심을 없애라는 말이 아니라 마음으로부터 자유롭다는 뜻이다. 어린아이들에게는 '동물적 본능'만 있지 어른들이 갖고 있는 도덕, 윤리 등의 '관념(마음)'이 없다. "공즉시색"이 뜻하는 것은 마음을 텅 비우면(다시 말해서 마음으로부터 자유로워지면) 색계(色界)의 모든 '현상'들을 자유자재로 부릴 수 있다는 뜻이다.

✽

내가 아는 사람 하나는 암에 걸렸을 때 현대의학적 치료를 거부하고 명상요법에 전력을 쏟았다. 암 치료를 목적으로 하지 않아도 요즘에는 명상, 선(禪), 도(道) 등을 가르치는 학원들이 점점 더 많아지고 있다. 물론 모두 다 불교에 뿌리를 두고 있는 것은 아니다. 그러나 그는 결국 일찍 사망하고 말았다.

물론 암이란 병이 현대의학으로도 못 고치는 불치병이긴 하지만, '마음의 기적'을 바라고 명상요법을 시도하는 사람들이 요즘 너무나 많다는 것은 우려할 만한 사회현상이다.

기독교의 기도요법 역시 마찬가지다. 모두 다 '마음의 힘'을 지나치게 숭상하고 의지하기 때문이다.

'마음'은 우리가 의지할 대상이 아니라 물리쳐야 할 대상이다. '마음이 부리는 장난'이 지나치게 사람들을 괴롭히기 때문이다. 멀쩡하던 사람이 갑자기 정신질환자로 변하는 까닭도, 결국 따지고 보면 '마음의 장난' 때문이라고 볼 수 있다.

＊

　'마음의 힘'만 믿고 한 열흘만 굶어보라. '마음의 힘'보다는 음식이라는 '물질의 힘'이 더 강대하고 귀중하다는 진리를 뼈저리게 깨닫게 될 것이다.

＊

　마음이 아주 무력해졌을 때, 사람들은 곧잘 괴력(怪力)을 발휘하기도 한다. 알츠하이머병에 걸려 치매상태가 된 노인들 가운데는 갑자기 힘에 세어져 집 안의 기물(器物)들을 부수는 사람들이 있다. 또 단추 같은 걸 아작아작 씹어 먹기까지 한다. 가정집에 화재가 발생했을 때, 화재를 당한 사람은 정신이 없어져 평소에는 못 들던 무거운 기물들을 수월하게 들고 집에서 빠져나오기도 한다.

＊

　정신이 황홀해져서 마음이 제구실을 하지 못할 때, 우리들은 곧잘 '기적'을 일으키기도 한다.
　마음의 변덕스런 작용이 멈춘 상태를 가리켜 '몰입(沒入)'이라고 할 수 있는데, 이런 몰입효과가 극대화됐을 때 걸작 예술작품이 탄생하기도 하고, 성교행위 시에 절륜한 정력을 발휘하게도 된다. 또 나쁜 면으로는 정신분열증을 일으킬 수도 있다. 사실 위대한 예술가들은 조금 미친 사람들이었다.

＊

　'마음의 장난'은 남녀 사이의 사랑 문제에서도 쉽게 예를 찾아볼 수 있다. 두 남녀가 처음 만났다고 하자. 남자는 여자가 '7층에서 떨어진 메주'같이 못생긴 용모를 갖고 있다고 생각한다. 그러다가 누군가 옆에서 그 여자가 큰 재벌 회사 사장의 딸이라고 귀띔해주면, 금세 미적(美的) 판단을 고쳐 "어쩐지 귀티가 나더라" 하고 말을 바꾸는 것이다.

＊

안데르센의 유명한 동화 중에 『벌거벗은 임금님』이 있다. 이 동화는 어느 사기꾼의 농간에 놀아나, 신하들이 벌거벗고 있는 왕의 모습을 훌륭한 옷을 입고 있는 모습으로 착각한다는 내용으로 되어 있다. 나중에는 임금 스스로도 자기가 벌거벗고 있는 줄을 모르고 훌륭한 옷을 입고 있다고 확신하게 되기까지에 이른다.

그런데 어떤 어린아이가 임금님을 보고서 "임금님은 벌거벗었다!"고 외친다.

이 이야기에서 우리는 '마음의 장난'이 우리의 판단력을 얼마나 해치고 있는가를 알 수 있다. 어린아이는 '마음'은 없고 '육체의 솔직한 감각'만 있었기 때문에 벌거벗은 임금님의 정체를 곧바로 알아맞힌 것이다.

＊

마음이 지극히 허망하고 변덕스럽다는 사실을 시사해주는 우리나라 속담은 많다. "변소에 들어갈 때와 나올 때가 다르다", "시장이 반찬이다", "기갈(飢渴)이 감식(甘食)이다", "사랑할 때는 눈에 천개(天蓋)가 씐다" 등이 그것이다.

사랑할 때 눈에 천개가 썬다는 것은 몸 상태에 따라 마음 상태가 달라지는 것을 가리키는 말이다. 성(性)에 굶을 대로 굶은 상태가 되면, 아무리 추남 추녀라도 예쁘게 보인다는 뜻일 것이다. 다시 말해서 '육체의 상태'에 따라 '마음의 상태'가 달라진다는 뜻이다.

涉世論

도피적인 삶이 행복을 준다

희망 통조림

매일같이 절망에 몸부림치다가
'희망'이라도 생기면
좀 더 나은 삶이 될 수도 있을 것 같아
신문 광고를 보고 '희망 통조림'이라는 걸 샀다

그런데 그 통조림을 사가지고 집으로 돌아와
뚜껑을 여는 순간 회색 기체가
순식간에 날아오르더니 재빨리 사라져 버렸다

그 통조림 회사에서 사기를 친 것일까
아니면 미련스런 희망이 사라져 버려야
좀 더 나은 삶이 시작된다는 걸까

나는 곰곰이 생각해 보다가
그 통조림 회사를 소비자고발센터에
신고하지 않기로 했다

'희망'에 대해 과도한 기대를 가졌던
나 자신을 반성하면서

6
도피적인 삶이 행복을 준다

중국의 현인 공자가 평생을 주유천하하며 현실정치를 해보려고 애쓴 '참여형' 또는 '돌격형' 학자라고 한다면, 그와 반대로 장자는 산속에 은거하며 참혹한 현실을 초탈하려고 애쓴 '도피형' 또는 '후퇴형' 학자라고 할 수 있다.

함석헌은 장자를 일컬어 '들사람(야인[野人])'이라고 했는데, 나는 굳이 산속에 은거하지 않더라도 정치, 사회 등의 세상사에 무관심한 사람은 모두 야인으로 보고 싶다. 그러니까 내 식으로 표현한다면 '야한 사람'인 것이다. 나는 '야하다'의 '야' 자(字)가 '들 야(野)' 자(字)라고 보아 평생토록 '야한 정신'을 고취시키려고 애썼다. 야한 정신은 한마디로 말해 '본능에 정직한 정신'을 말한다.

나는 지금까지 시와 소설 등을 쓰면서 '현실의 개조'나 '민족정신의 고취' 같은 류(類)의 주제로 된 작품은 쓰지 않았다. 오로지 참담하기 그지없는 현실로부터 도피할 수 있는 내용의 섹슈얼 판타지 등의 시와 소설만 썼다.

특히 나는 현실에선 도저히 실현시킬 수 없는, 손톱을 10센티미터 이상 기르고(또는 붙이고) 몸 전체에 주렁주렁 피어싱을 한 야하디야한 여인과의 사랑을 판타스틱하게 묘사했는데, 그렇게 한 까닭은 '고달픈 현실로부터의 도피'가 바로 문학이나 기타 예술이 할 일이라고 생각했기 때문이었다. 물론 그 도피는 독자 이전에 나 스스로의 도피를 통해 현실적 고통에서 잠시라도 벗어나기 위한 도피였다.

그리고 나는 문학 역시 예술이기 때문에 정치소설이나 민중소설보다는 탐미주의 소설이 훨씬 더 예술성을 갖고 있다고 생각했다. 다시 말해서 '꿈으로의 도피'가 예술의 본질이라고 확신했던 것이다.

자기가 보기 드문 천재요 초인(超人)이라고 착각하며 으스댔던 독일의 철학자 니체는 말년의 10년을 정신분열증 환자로 지내야 했다. 그런데 니체야말로 '돌격형' 인물의 표본이다.

그러나 그가 매독에 걸린 후유증 때문에 평생토록 극심한 두통과 위장병에 시달리며 우울증으로 고통 받은 것을 보면, 돌격형 인생이나 '나 잘났다'고 꼴값을 떠는 자만심에 가득 찬 인생이 얼마나 비참하게 끝나는가를 잘 알 수 있다.

＊

언제나 겸손하게 대자연이 가진 엄청난 힘에 굴복하는 삶을 불평 없이 사는 사람들은 대체로 원만한 삶을 살 수가 있다. 그러나 자연이 갖는 대생명력(大生命力)에 도전하는 삶은 자칫 비명횡사로 끝나기 쉽다. 그래서 나는 도전적(또는 돌격적) 삶보다는 도피적 삶이 인생의 고해(苦海)를 이럭저럭 헤쳐나가는 데 유리하다고 보는 것이다.

＊

인생은 누구에게나 글자 그대로 '일체개고(一切皆苦)'의 연속이다. 평생을 행복한 상태로 보내는 사람은 아무도 없다.

내가 보기에 '행복'이란 것은 지극히 순간적으로 느껴지는 감정에 불과하다. 즉 오랫동안 억압되었던 욕구가 어떤 계기에 의해(거기에는 주로 '우연'이 작용한다) 충족될 때, 그때 우리는 '순간적인 행복감'이라도 간신히 경험하게 되는 것이다.

＊

이를테면 고등학교 3학년 학생이 온갖 본능적 욕구들을 억누르고서 대학입시 공부에만 매달려 있다가 대학에 합격했을 때, 그 학생은 그 순간 크나큰 행복감에 휩싸인다.

그렇지만 금세 새로운 고뇌가 밀어닥치기 시작한다. 대학생활이 기대했던 것보다 별로 재미가 없고 별다른 보람도 안겨주지 못하기 때문이다. 특히 적성에 안 맞는 학과를 선택했을 경우 더욱 괴롭다.

취직시험에 합격했을 경우에도 마찬가지다. 금세 실망감을 느끼기 쉽다. 정신분석학에서는 이런 감정을 가리켜 '성공 우울증'이라고 부른다.

＊

좀 더 좋은 예는 아마도 '결혼'일 것이다. 결혼의 기쁨은 성적(性的) 본능의 억압으로부터 비로소 해방되었다는 느낌에 불과하다. 상대방을 미치도록 정신적으로 사랑하다가 드디어 그 사람을 소유하게 됐기 때문에 느껴지는 행복감은 절대로 아니다.

물론 겉으로는 그런 감정이 느껴질지도 모른다. 하지만 결혼 후 몇 달 만에 곧이어 권태가 따라오게 마련이므로 결혼한 사람의 잠재의식이 그 다음으로 간절히 원하게 되는 것은 '이혼'이나 '배우자와의 사별(死別)'일 수밖에 없다. 그래서 "마누라(또는 남편)가 죽으면 변소에 가서 혼자 웃는다"는 속담이 나왔다. 줄여 말해서 결혼의 기쁨은 정말 한순간뿐이라는 것이다.

＊

그러므로 우리는 행복한 상태를 계속 유지하기 위해 쓸데없이 애쓰지 않는 편이 낫다. 우리의 일생이 오직 불행과 고통의 연속이라는 사실을 일단 인정하고서 삶을 살아가는 편이 낫다. '순간적인 행복감'을 잇달아 창조해내기 위해서는, 끊임없는 투기(投機)와 모험이 연속되지 않으면 불가능하기 때문이다.

예컨대 결혼을 통해 지속적인 행복감을 얻으려면 '결혼→이혼→

결혼'을 끊임없이 되풀이하지 않고서는 어렵다는 얘기다.

✳

잠깐 다른 얘기를 하자면, 불행한 인생은 행복의 결핍에서 기인하는 것이 아니다. 그것은 '잘못된 행복' 때문에 생겨나는 것이다. 그러므로 가장 바람직한 인생은 아예 행복을 기대하지 않는 인생이다.

마음속을 늘 텅 빈 상태로 놓아두어야 한다. 인간 예수가 말한 '가난한 마음'이 여기에 해당될지도 모른다. 그것을 다른 말로 '도피적 인생'이라고 부를 수 있는 것이다.

✳

그렇다면 이토록 고생스럽고 지겨운 인생을 그런대로 적당히 때워나갈 수 있는 방법은 무엇일까? 그것은 '행복의 창조'를 위해 적극적으로(돌격적으로) 전진해나가는 태도에서 오는 것이 아니라, '고통의 회피(또는 도피)'를 끊임없이 도모하는 마음의 자세로부터 온다.

'고통의 회피'를 가능하게 하는 방법으로 우선 다음의 다섯 가지를 꼽을 수 있다.

첫째, 마약 또는 그와 유사한 물질인 알코올(술)에 의한 이성의 마비상태.

둘째, 이른바 변태성욕을 포함하는 모든 쾌락주의적(비생식적) 섹스에 몰두함으로써 얻어지는 지극한 관능적 쾌감.

셋째, 취미생활(낚시, 볼룸댄스, 스포츠, 등산 등의 놀이)에 깊이 몰두함으로써 얻어지는 정신적 마취상태.

넷째, 공상적(또는 상상적, 낭만적, 환상적) 예술 창조, 즉 미술, 음악, 문학 등의 예술 창작에 의한 탈(脫)현실감. (물론 리얼리즘 예술은 제외된다.)

다섯째, 되도록이면 고통 없이 죽는 방법에 의한 자살.

✳

첫째의 경우는 우리 주변에서 많이 볼 수 있는 방법이다. 마약은 육체에 해악을 끼치므로, 극단적인 경우를 제외하고는(이를테면 말기 암 환자의 진통) 권장할 바가 못 된다. 그러나 술은 적당히 마실 경우, 한방의학에서 '백약지장(百藥之長, 백 가지 약 중 최고의 약)'이라고 부를 만큼 건강에도 좋고 스트레스 해소에도 좋다.

술과 아울러 담배에 대해서도 얘기할 필요가 있는데. 요즘 한국 정부에서는 '건강 노이로제(또는 공포증)'를 유포시키려고 작정이라도 했는지, 담배를 건강의 주적(主敵)으로 선포하고 '담배와의 전쟁'을 벌이고 있다. 그러나 비주류 의사들의 말을 빌리면, 담배는 별로 나쁘지 않고 오히려 스트레스 해소 기능을 해준다고 한다.

✳

담배를 폐암의 원인으로 보는 의학자들이 상당히 많은데, 담배를 안 피우고 폐암에 걸리는 경우가 훨씬 더 많다. 얼마 전에도 내 고등학교 동창 친구가 폐암으로 죽었는데, 그는 교회에도 열심히 나가고 담배를 입에도 대지 않던 모범가장이었다.

주류 의사들이나 정부 당국이 (간접흡연을 포함해서) 담배의 해악을 자꾸 선전해대는 진짜 이유는, 대기 중의 오염물질, 즉 공해가 주는 나쁜 영향을 감추기 위한 음험한 작전일 뿐이다.

술과 담배를 통한 도피적 인생은 어느 정도 마음의 평화를 가져다준다. 기독교 개신교에서도 술과 담배를 금하는데, 이는 헌법으로 보장된 '개인의 행복추구권'을 위배하는 일이다.

✻

두 번째 방법의 구체적 실천은 사실 좀 어렵다. 오로지 부부간(또는 애인 간)의 섹스는 반드시 권태감을 주기 때문에, 시시때때로 다수의 이성(異性)과 만나 섹스를 해야만 하는데, 돈이 아주 많지 않은 한 그러기는 힘들다. 이따금 부도덕한 섹스(혼외정사)까지는 실천할 수 있지만, 지속적으로 자기보다 어린(싱싱한) 남자(또는 여자)와 만나 오로지 섹스를 쾌감으로만 즐긴다는 것은 돈 많은 부자 아니면 불가능하기 때문이다.

그래서 나는 그런 내용의 소설, 영화 등의 감상을 통한 대리만족(또는 대리배설)을 줄곧 권장해왔고, 또 나도 그런 식의 간접적인 일탈적 섹스를 그리는 시나 소설을 써가지고 대리만족을 취하려고 했다. 그런데 한국의 전근대적인 검열제도 때문에 번번이 실패할 수밖에 없었다.

하지만 독자 입장에서는 그런 일탈적 사랑(섹스)을 그린 소설, 영화, 포르노 등의 감상이 어느 정도 가능하므로, 나는 야한 섹스의 '상상적 실천'을 적극 권하고 싶다. 그래야만 스트레스가 근원적으로 줄어들기 때문이다.

＊

셋째 방법과 넷째 방법은 사실 비슷하다. 다만 넷째 방법은 '예술창작'에 집중한다는 것이 다를 뿐이다.

등산, 낚시, 춤 등의 취미생활을 넓게 말해서 '놀이'라고 부를 수 있는데, 행복한 인생의 3요소가 자기에게 **흡족한 일, 섹스, 놀이**라고 할 때, 어떤 것이든 놀이(취미생활)를 즐기는 것이 좋다. 일만 해도 피곤하고 섹스(사랑)만 해도 피곤하다. 간간이 자기의 적성에 맞는 놀이(취미생활)를 함으로써 힘겹게 살아가는 데 따른 스트레스를 줄여나가야 한다. 그러면 암 등의 중병에도 안 걸린다.

＊

그러한 취미생활이 '예술'과 합작을 이루면 더욱 좋다. 그것이 바로 넷째 방법이다. 예컨대 등산이나 소풍을 가더라도 미술 스케치를 겸하여 가는 것 등이 그것이다. 어떤 장르의 예술이든 우리의 정신건강에 꼭 필요한 '카타르시스' 효과를 준다. 그래서 요즘 정신의학에서는 '예술치료'가 각광을 받고 있다.

＊

나는 고등학교를 졸업하고서 대학에 갈 때 문학이 아니면 미술을 전공하려고 했다. 그러다가 결국 국문학과로 진학했는데, 문학작품만 쓰다가 1991년(40살)부터 미술 전시회도 계속 열게 되었다. 나는 내가 문학을 주업(主業)으로, 미술을 취미로 하게 된 것을 퍽이나 다행이라고 생각한다.

✱

다섯째 방법은 사람들에게 거부감을 일으키기 쉬운 방법이다. 기독교에서는 자살을 죄악으로 본다. 그래서 중세 암흑시대 때 자살미수자들은 자살을 기도했다는 죄목으로 사형을 언도받았다. 참으로 아이러니한 일이다.

그러나 고대 그리스로 가면, 대표적 쾌락주의 철학자 에피쿠로스는 자살하고 싶을 때 자살하는 것 역시 정당한 쾌락 중의 하나라고 주장했다. 물론 이런 경우의 자살은 생활고나 병고(病苦)에 의한 자살과는 다른 것이다. 삶에 권태를 느꼈을 때 자살하는 것만을 가리키는 것이다.

✱

우리나라의 자살률은 세계 최고 수준이고, 그 가운데서도 노인의 자살이 가장 많다. 특히 의지할 데 없는 독거노인들이 지병에 시달릴 때 자살을 많이 한다. 이런 자살은 한국 복지수준의 열악함을 증명해준다.

그러나 중산층 이상의 노인들이 병이 들어 식물인간으로 살아가야 할 경우에는, 자살과 비슷한 '안락사'를 합법화시켜야 한다고 본다. 병원비가 너무 많이 들어 가족들이 고생할 뿐만 아니라, 당사자에게도 괴로운 일이기 때문이다.

내가 '도피적 인생'을 위한 방법으로 '자살'을 꼽은 것은 사실 좀 과장법을 쓴 것이다. 그만큼이나 '도피적 인생관'이 중요하다는 뜻에서였다.

전쟁터에서 앞장서서 돌격하는 병사는 용감하다고 칭찬을 받을지는 모르지만, 전사할 확률이 높다. 그래서 중국 전법(戰法)에 '삼십육계(三十六計)'라는 말이 나온 것이다.

현명하게 싸우는 계책이 36가지 있는데, 그중 최고가 삼십육계, 즉 도망가는 것이라는 이야기다. 원문은 "삼십육계 주위상계(三十六計 走爲上計)"로 되어 있다.

두 나라가 전쟁을 할 때, 양쪽 군사들이 다 비겁하게 도망가면 '평화'가 온다.

＊

인생 역시 마찬가지다. 무조건 정신력, 의지력, 진취적 기상 같은 것만 믿고 자신만만하게 돌격적인 삶을 살면 크게 낭패하기 쉽다. 우리는 어느 정도 비겁해질 필요가 있다.

정신으로부터 자유로워지자

별것도 아닌 인생이

별것도 아닌 인생이
이렇게 힘들 수가 없네

별것도 아닌 사랑이
이렇게 사람을 괴롭힐 수가 없네

별것도 아닌 도덕이
이렇게 스트레스를 줄 수가 없네

별것도 아닌 섹스가
이렇게 복잡할 수가 없네

별것도 아닌 글이
이렇게 수다스러울 수가 없네

별것도 아닌 똥이
이렇게 안 나올 수가 없네

7

정신으로부터 자유로워지자

'애증병존'이란 말이 있다. 애정과 증오가 한데 엇섞여 있는 불투명한 심리상태를 가리키는 말인데, '양가감정(兩價感情)'이라고도 한다.

애증병존 심리가 가장 위력을 발휘하는 것은 사랑을 할 때다. 표면의식은 분명 '사랑한다'고 외치고 있지만, 잠재의식에서는 '미워한다'고 외치게 되는 경우가 많다.

*

여자로 치면 어렸을 때 아버지한테서 지나치게 부권(父權)의 억압을 많이 경험한 여자가 곧잘 이런 감정에 빠져든다. '효도'라는 강요된 윤리 때문에 아버지한테는 차마 복수의 칼날을 들이대지 못했던 젊은 여성이, 나이가 들어 사랑하는 상대를 고르게 되면 이상하게도 아버지를 닮은 남성을 고르게 되는 경우가 많은 것이다.

＊

그런 여자들은 겉으로는 분명 그 남자를 사랑한다고 외치지만, 마음 깊은 곳에서는 그 남자에게 '복수'하고픈 마음이 샘솟듯 솟구치게 된다. 아버지에 대한 분풀이를 그 남자에게 대신하고 싶어지는 것이다.

이런 애증병존 심리는 남자가 애인을 고를 때도 마찬가지로 찾아온다.

＊

'사랑'과 '미움'이 서로 유착되어 비극을 초래하는 경우는 너무나 많다. 그래서 우리는 우리의 마음(다시 말해서 표면의식)을 믿을 수 없는 것이다.

＊

아무리 마음속 깊이 사랑한다고 확신하는 이성(異性)이 있다 하더라도, 세월이 흐르다 보면 반드시 '권태'가 닥쳐온다. 그러므로 '참된 사랑'이란 오직 '순간적인 관능적 도취'일 뿐이다. 영원히 오래가는 '정신적 사랑'이란 있을 수 없다.

＊

아무리 마음속 깊이 '우정'을 다짐했던 친구라도, 그 친구가 나보다 훨씬 더 출세하면 반드시 '질투'가 찾아온다. 그러므로 '참된 우정'이란 아예 없는 것이다. 우정이란 것이 있다면, 그것은 마음으로 주고받는 우정보다는 몸으로 주고받는 동성애의 경우에 더 많이 체감(體感)될 수밖에 없는 성질의 것이라고 나는 본다.

✳

우리가 세상을 살아가면서 가장 경계할 것은 '고정관념'이다. 이 역시 마음의 장난 때문에 생겨난 것인데, 고정관념을 진실이라고 믿고서 인생을 살아가다 보면 크게 낭패를 보는 수가 많다.

고정관념과 비슷한 뜻으로 쓰이는 말은 '통념'이다. 이를테면 문화적 후진국인 한국사회에서는 결혼을 안 한 여자들에게 '순결'이라는 통념이 강요된다. 그리고 거기에서 "순결한 여자는 마음도 순수하다"는 고정관념이 생겨난다.

✳

하지만 그런 고정관념은 틀릴 경우가 더 많다. 예컨대 현진건의 단편소설 「B사감과 러브레터」에 나오는 B사감은 순결을 간직하고 있는 여자지만 마음은 순수하지 못하다. 자신이 못다 푼 성적(性的) 욕구를, 학생들의 연애를 지나치게 질투하고 억압하는 방식으로 '대리배설'하고 있기 때문이다.

✳

상대방의 '정신'에 반해서 하는 연애는 실패하기 쉽다. 그러나 상대방의 '외모'나 '성적(性的) 취향'에 반해서 하는 사랑은 성공할 가능성이 많다.

✳

마음에 너무 집착하면 안 된다. 불교나 유교는 마음에 너무나 집착하는 게 흠이다. 대승불교에서 발전한 '유식론(唯識論)'은 공리공론적인 말놀이로 시종하였고, 이퇴계의 『성학십도(聖學十圖)』 역시 허황된 도표로써 마음의 구조를 밝혀내려고 애썼다.

＊

잠재의식 또는 무의식은 어떠한 현상적 논리로도 밝혀낼 수 없다. 잠재의식은 논리학적 추론보다는 언뜻언뜻 직관하게 되는 육감(肉感)의 세계에서 가끔씩 그 모습을 드러낼 뿐이다.

＊

정신에다 대고 아무리 "안 아프다"고 최면을 잘 건다고 해도 꼬집으면 아프다. 육체적 감각이 오히려 마음의 형이상성(形而上性)을 능가한다. 그러므로 육체적 감각만이 진실이고 정신의 느낌은 거짓이다.

＊

티베트 밀교(密敎)의 일파(一派)인 라마교에서는 '선정(禪定)'을 통해 니르바나의 경지에 들어가는 것보다는 '섹스에의 몰두'를 통해 니르바나의 경지에 들어가는 것이 더 수월하다고 믿는다. 도교(道敎)에서 방중술(房中術)을 중요하게 보는 것과도 비슷한 논리다. 선(禪)을 통해 정신을 정화하는 방법은 오히려 부작용이 더 많다(발광이나 전도된 환상 등).

＊

기독교에서는 '정신적 믿음(신앙)'을 중요시한다. 그러나 많은 작가들은 그런 믿음이 얼마나 육욕에 쉽게 무너지는가를 소재로 한 소설을 많이 썼다.

이를테면 아나톨 프랑스의 소설 『무희 타이스』나 하우프트만의 소설 『소아나의 이단자』 같은 작품이 그렇다.

그리고 소설은 아니지만 야담으로 전해지는 조선시대의 기생 황진이의 일화가 있다. 20여 년간이나 정신 수도에 정진한 지족선사를, 황진이는 '관능적인 육체' 하나로 삽시간에 무너뜨렸던 것이다.

✱

'정신 수양'이나 '인격 수양'이나 다 그게 그건데, 사실 '인격'은 쉽게 바뀌지 않는다. 인격이나 성격은 유전인자의 지배를 많이 받기 때문이다. 그러므로 의지력을 지나치게 낭비해가며 인격 수양에 매달릴 필요는 없다.

✱

정신은 지극히 변덕스럽다. 그것은 때와 상황에 따라서 쉽사리 바뀐다.

우리나라 개화기 때 근대문학을 주도했던 이광수는 20대 시절에는 상해에 있는 대한민국 임시정부에서 『독립신문』 주간을 맡아볼 정도로 열렬한 애국자였지만, 40대 나이가 되자 지독한 친일파로 변신했다.

한평생 한 가지 단일한 '정신'만 갖고서 살아갈 수는 없다. 윤동주나 이상이나 김유정처럼 20대 나이에 요절하지 않는 한.

＊

이러한 '정신의 변화'에 있어, '변절'은 나쁜 것이지만 '변신'은 나쁜 것이 아니다.

＊

정신적 사랑(이른바 플라토닉 러브)은 성적(性的) 죄의식에서 생겨난다. 성적 죄의식을 가장 조장하는 이데올로기는 기독교 이데올로기다.

＊

청소년들에게 성적 죄의식을 심어주는 최고의 악서(惡書)는 독일의 작가 막스 뮐러가 쓴 소설 『독일인의 사랑』이다. 또 그것에 버금가는 악서로 꼽을 수 있는 것은 헤르만 헤세의 『데미안』이나 에리히 프롬의 『사랑의 기술』 같은 책이 될 것이다.

＊

모든 동물들은 성에 대해 정신적 죄의식을 느끼고 있지 않다. 그런데 유독 만물의 영장이라는 인간만이 '육체적 사랑', 즉 성애(性愛)에 대해 죄의식을 느낀다.

이런 현상은 인간이 태어날 때부터 그렇게 태어난 게 아니라 뒤늦게 종교와 도덕이 생겨났기 때문이다. 특히 기독교와 불교의 윤리가 성적 죄의식을 사람들 마음속에 심어놓았다.

✱

정신이 우리에게 심어놓기 쉬운 것들 가운데 제일 위험한 것은 '종교적 광신(狂信)'이다.

1978년 남아메리카의 가이아나에서는, 미국의 기독교계 신흥 종교집단인 '인민사원파(派)' 941명의 신도가 교주의 명령에 따라 집단자살했다. 집단자살의 목적은 천국에 더 빨리 가기 위해서였다.

그리고 1991년 우리나라에서는 역시 기독교계 '오대양(五大洋)' 신도 수십 명이 집단자살했다. 모두 다 광신이 빚어낸 비극이었다.

✱

최근에는 기독교 계통의 광신(狂信)만이 아니라, 문명이 엄청나게 발전한 외계(外界)의 행성에 대한 광신이 늘어나고 있다. 한국에도 지부가 설치돼 있는 '라엘리안 무브먼트' 같은 것이 그렇다. 그들은 지구의 인류가, 엄청난 과학 발달로 지상낙원을 이룩한 외계인들에 의해 과학적으로 '창조'된 것이라고 믿는다.

외계인에 대한 광신이 정신병적 추태를 보인 좋은 예는, 1997년에 일어난 애플화이트라는 남자와 그를 추종하는 광신자 39명이, 외계의 '가장 행복하게 진화된 존재'로 이행하기 위해 집단자살한 사건이다.

시신들의 머리에는 비닐봉지가 씌워져 있었고 위(胃)에서는 청산가리가 검출되었다. 사망자들의 팔에는 '천국의 문 탐사팀'이라는 완장이 둘러져 있었다. 이른바 '천국의 문' 사건이다.

불교의 광신도(주로 비구승)들은 종종 앞서 말한 '소신공양(분신자살)'을 벌이기도 한다. 김동리의 단편소설 「등신불(等身佛)」은 소신공양의 덕(德)을 미화시키고 있다. 그런데도 이 소설은 고등학교 국정교과서인 『국어』에 오랫동안 수록돼 있었다. 그래서 나는 그게 심히 불만이었다. 사춘기 학생들에게 자살을 부추길지도 몰라서였다.

✳

자살폭탄 테러를 감행하는 이슬람교 신자들도 광신도들이다. 그들은 그렇게 자신을 '거룩하게' 희생하면 죽은 뒤 반드시 쾌락이 흘러넘치는 '천국'에 들어갈 것이라고 확신한다.

✳

정신이 육체를 지배한다고 보는 이성주의는 데카르트 철학으로부터 시작되었다. 그래서 그가 만들어낸 가장 진리에 가까운 명제라는 "나는 생각한다. 그러므로 나는 존재한다"는 서구 철학을 종합적으로 정리하는 말이 되었다.

아니, 육체가 없는데 정신이 어떻게 존재할 수 있단 말인가? 나는 지금까지 늘 '육체주의' 또는 '육체의 민주화'를 주장해왔는데 육체주의는 유심론에 대립하는 유물론적 관점에서 나온 것이다. 그래서 나는 최근의 현대의학에서 '뇌'에만 관심을 쏟는 것이 한심해 보인다. 뇌를 지배하는 '몸(뇌를 뺀 나머지 육체)'의 연구가 선행되어야할 것이다.

*

그래서 나는 '연애행위'의 경우, "정신적으로 사랑하기 때문에 육체적으로 섹스한다"가 아니라, "육체적으로 섹스하다 보면 정신적으로도 사랑하게 된다"가 맞는다고 본다.

*

제발 고행(苦行), 이를테면 기독교의 금식기도나 불교의 3천 배(拜) 같은 것에 유혹당하지 말라. 육체를 괴롭히면 정신이 맑아지는 게 아니라 정신이 미쳐간다.

涉世
論

허무를 성적(性的) 쾌락으로 달래나가자

평화

두 나라가 서로 전쟁을 한다

이쪽 군대가 비겁하게 도망간다
저쪽 군대도 비겁하게 도망간다

한쪽이 용감하게 싸우고 다른 쪽이 도망가면
그쪽은 비겁한 군인이 되지만
두 편 다 도망가면 둘 다 비겁하지 않다

용감해져라 용감해져 하지 말라
용감보다는 비겁이 평화주의자

서로 다 도망가면
두 쪽 다 비겁해지면
전쟁은 없다

8
허무를 성적(性的) 쾌락으로 달래나가자

'쾌락'은 절대로 나쁜 뜻을 가진 말이 아니다. 그것은 '행복'과 동의어다. 그런데 우리나라에서는 '쾌락'을 마치 '방탕' 비슷한 뜻을 가진 말로 오해하는 이들이 많다. 참으로 안타까운 일이다.

✻

'쾌락'과 비슷한 말로 '향락'이 있는데, '향락' 역시 나쁜 뜻을 가진 말이 아니다. 국어사전을 보면 '향락'을 "즐거움을 누림"으로 정의하고 있다. 즐거움을 누리는 것이 어떻게 죄가 될 수 있겠는가. 아무튼 우리나라에서는 '쾌락', '향락', '문란', '퇴폐', '음란' 등의 말이 함부로 쓰여 헌법으로 보장된 국민의 행복추구권을 가로막고 있다.

인생이란 그저 우연히 내던져진 것이다. 그러므로 인생은 무조건 허무할 수밖에 없다. 우리가 원해서 세상에 태어난 것이 아니기 때문이다. 또한 우리의 삶에 '발전'이나 '향상' 같은 것도 있을 수 없고, 그저 그날그날을 때워나가면서 살아갈 수밖에 없다고 생각한다. 그럴 경우 우리의 지친 삶을 달래줄 수 있는 것은 그래도 '쾌락'뿐일 것이다. 물론 여기서 말하는 '쾌락'은 '정신적 쾌락'이 아니라 '육체적 쾌락'을 가리킨다.

'정신적 쾌락'만을 병적으로 추구하는 집단의 좋은 보기로, 광신적 마조히스트로서의 자학적(自虐的) 삶을 이어나가는 중세 가톨릭 교단의 수도원이나 수녀원을 들 수 있다.

움베르토 에코의 소설 『장미의 이름』(또는 그것을 숀 코너리 주연의 영화로 만든 것)에서 리얼하게 묘사했듯이, 수도원의 남자 수도사들은 '웃는 것'조차 불경한 행위로 취급하여 맘대로 웃지도 못했다. 그러면서 성적(性的) 금욕을 추구했지만 몰래 숨어서는 동성애에 빠져들었다.

성애적(性愛的) 마조히즘은 색다른 성희가 되어 남녀 상호간의 사랑을 윤택하게 한다. 그러나 기독교나 불교에서 추구하는 정신적 마조히즘은 일종의 정신질환일 뿐이다.

✱

빅토르 위고의 소설 『레 미제라블』에는 19세기 수녀원의 모습이 잘 그려져 있다. 주인공 장발장과 그의 양녀 코제트가 경찰을 피해 숨어 들어간 수녀원의 수녀들은 평생토록 이도 닦지 못하고 목욕도 하지 못한다. 그리고 남자를 봐서도 안 된다. 또한 가족과의 면회조차 금지되었다.

그래서 그곳의 정원사로 일하게 된 장발장은 발목에 커다란 방울을 차고서 일을 한다. 수녀들이 방울소리를 듣고 멀리 피해가게 하기 위해서다.

✱

소설에서는 수녀들의 얼굴과 치아가 누렇게 절어 있고 몸에서는 악취가 난다고 표현되어 있다.

수녀들은 겨울이 돼도 불을 피우지 않고, 침대가 아니라 짚더미 위에서 잠을 잔다. 19세기의 수녀원이 그랬으니 중세기에는 오죽했을 것인가.

불교의 극단적인 금욕주의적 수행도 이와 비슷하다. 어떤 남자 승려는 수도를 위해 팔뚝을 자르기까지 했다고 한다.

✱

우리가 쾌락을 즐긴다고 할 때, 그 '쾌락'은 반드시 육체적인 것이어야 한다. 그러므로 건강을 위한 '운동'도 쾌락 안에 들어갈 수는 있다. 그렇지만 지나친 운동은 곤란하다. 아침마다 힘에 부치게 조깅을 한다든가, 아마추어 마라톤 대회에 출전하기 위해 달리기 연습을 과중하게 한다든가 하면 안 된다. 실제로 아마추어 마라톤 대회에 나갔다가 죽는 경우도 있다. 또 가파른 산에서 등반을 하다가 죽기도 한다.

✻

솔직히 말해서 나는 '운동'을 지나치게 권장하는 의사들이 얄밉다. 게으르게 살수록 건강하게 오래 산다는 게 나의 지론이다. 날갯짓을 몹시도 빠르게 하며 날아다니는 하루살이는 그야말로 하루밖에 못 산다. 가장 느리게 움직이는 거북은 200년을 산다. 동물의 수명은 몸의 움직임 속도에 반비례한다고 나는 본다. 몰론 인간도 동물 안에 들어간다.

✻

운동을 아예 직업으로 삼게 되면 늙어서 병으로 고생하다가 일찍 죽기 쉽다. 스포츠 선수들의 말년이 거의 그렇다. 젊었을 때 너무 몸을 혹사시켰기 때문이다. 프로레슬링 선수로 유명했던 김일은 만년의 10년을 병원에서 보내야 했다.

✻

그래서 아무리 생각해봐도 우리가 건강에 축을 내지 않고 평생의 '쾌락'으로 추구해야 할 것은 역시 섹스밖에 없다. 과색(過色)하지만 않는다면, 많은 의사들이 말하듯이, 섹스는 최고의 '국민체육'이 된다. 섹스를 죄악시하는 일부 종교인들은, 죽어서 가는 지옥이 아니라 살아 있을 때 경험하는 지옥을 만들어가고 있다. 그렇다면 섹스를 어떻게 보고, 어떻게 즐겨야 할 것인가?

✳

20세기 후반에 이르러 여권신장이 급속도로 이루어지고 성적(性的) 대리배설 수단(이를테면 에로티시즘 소설이나 영화 등)이 다양하게 개발됨에 따라, 생식적 섹스(genital sex)는 비생식적 섹스(non-genital sex)로 급격한 전환을 하게 되었다. 그래서 프로이트학파의 이론에서는 절대적 비정상으로 간주되던 동성애조차 한국을 포함한 모든 나라에서 걷잡을 수 없이 빠른 속도로 파급되기에 이른 것이다. 여타의 다른 변태성욕들, 이를테면 관음증과 노출증, 사도마조히즘, 페티시즘(fetishism) 같은 것들은 이젠 소설이나 영화의 단골 소재가 될 정도로 아예 현대문화를 설명하는 일반적 성심리 형태로 굳어지게 되었다.

✳

그러므로 한 개인이 유아기 때 비생식적 변태성욕을 얼마나 충분히 충족받느냐 못 받느냐에 따라 성격도 달라지고 운명도 달라질 수 있다고 진단한 프로이트의 학설은 이젠 별 의미가 없다. 유아기든 사춘기든 청장년기든 노년기든 간에, 이젠 어떤 형태로든지 자기의 성적 욕망을 적절히 직간접적으로 배설시킬 수만 있으면 신경증(노이로제나 히스테리)에 걸리지 않는 것이다.

"결혼을 통해서, 그리고 생식적인 성교를 통해서 얻어지는 성적(性的) 쾌감에 의해서만 인간은 정신의 평형상태(즉, 슈퍼이고 [super-ego]와 이드[id]의 평형상태)를 유지할 수 있고, 거기서 정상적인 사회활동과 행복의 추구가 이루어질 수 있다"는 신화가 이제

서서히 깨져가고 있다.

*

잘못된 결혼으로 인한 운명의 파탄 같은 것 역시 이제는 결혼관과 성관(性觀)의 수정에 의해서 방지될 수 있다. 즉, 결혼은 생존의 무거운 짐을 나눠 지기 위한 일시적 도피행위가 되어서는 안 되고 영원무궁하게 싫증나지 않는 성애(性愛)를 위한 성적(性的) 계약이 되어서도 안 된다는 것, 또 결혼을 하고 자식을 낳는다 하더라도 누구한테서나 부성애나 모성애가 무조건 우러나와 자신의 여생을 자식을 위한 희생으로 바치게 되는 것 역시 아니라는 사실이 우선 새롭게 인식돼야 한다.

*

이럴 때 당장 강하게 제기될 수 있는 의문은, 그럼 대체 누가 자식을 낳을 것이며 자식의 양육문제를 누가 책임질 것인가 하는 문제다. 아닌 게 아니라 유럽이나 한국의 경우에는 자식 낳기를 기피하는 풍조가 늘어나 인구 감소가 점점 심각한 사회문제로 제기되고 있다. 하지만 그렇다고 해서 낳기 싫다는 아이를 억지로 낳으라고 강요할 수도 없는 일이고, 이미 정이 식을 대로 식어버린 부부가 자식을 위해 가면을 쓰고 무작정 붙어 있으라고 요구할 수도 없는 일이다. 이럴 때 절실하게 필요한 것이 바로 다원주의적인 성관과 결혼관의 확보라고 할 수 있다. 말하자면 성생활과 결혼생활에 있어 획일적 윤리를 강요하기보다는 '각자 선택'의 기회를 폭넓게 허용해주자는 얘기다.

*

결혼문제든 순결문제든, 이제는 도저히 획일적 규준을 강제할 수 없는 시점에 와 있는 것이 사실이다. 혼전에 죽어라고 순결을 지킨다고 해서 꼭 '순결한 사람'(아니면 촌스러운 사람)이라고 할 수 없고, 결혼 전에 프리섹스를 즐긴다고 해서 '방탕한 사람'(아니면 자유로운 사람)이라고 할 수도 없다. 즉, 모든 것이 각자 선택으로 가야 한다.

*

결혼문제 역시 마찬가지다. 지금은 결혼이 필수과목이 아니라 선택과목이므로, 결혼을 한다, 안 한다의 문제나, 하더라도 언제 해야 한다는 혼기(婚期)의 문제 역시 각자 선택이 될 수밖에 없다. 아직은 일부일처제를 완전히 포기하지는 못하는 상황이므로, 다부다처제식 모계사회를 지향하여 좀 더 융통성 있게 성(性)의 자유를 확보하자는 주장은 아직 그 실현이 불투명하기 때문이다. 다만 반드시 강조돼야 할 것은 결혼과 성을 일치시키지 말라는 것이다. 노처녀, 노총각이라고 해서 꼭 성에 굶주릴 필요는 없다. 독신주의를 고수한다는 것은 성의 자유를 프리섹스를 하며 만끽하겠다는 의도로 이해돼야지, 성적 결벽증과 관계지어져서는 안 된다.

또한 무분별한 이혼의 남발을 막기 위해 혼전에 시험적 동거기간을 거친다거나 하는 식으로 보다 신중한 결혼이 이루어질 필요가 있다. 만약 결혼을 단행하더라도 최소한 2년 정도는 아이를 낳지 않는 게 좋다는 것이 내 생각이다. 혹 이혼을 하게 되더라도 자식이 없을 경우 후유증이 훨씬 적어지기 때문이다. 대개의 결혼은 오로지 '성욕의 일상적 충족'을 위해 이루어지므로, 얼마 못 가 '심각한 권태'를 유발하여 이혼할 가능성이 높다.

✳

인간의 운명과 행복을 창조해나가는 데 있어 성(性)과 사랑은 핵심적인 요소가 된다. 인간의 행복을 세속적으로 결정짓는 세 가지 요소가 돈과 명예 그리고 성이라면, 나는 서슴지 않고 성을 첫 번째로 꼽고 싶다. 어찌 보면 우리가 열심히 일해 돈을 버는 것도 배부르게 먹고 살고 섹스를 즐기면서 살고자 하는 목적에서 하는 일인데, 절대빈곤 사회에서 벗어난 지금은 어쨌든 잘 먹는 일보다 잘 섹스하는 일이 더 중심과제가 될 수밖에 없게 되었다. 그래서 대중적 명예를 얻는 일 역시 섹스의 쾌감을 남보다 많이 선취(先取)하고자 하는 욕구 때문이라고 볼 수 있는 것이다.

✳

성적(性的) 욕구를 도덕적 명예욕이나 신앙욕(信仰慾) 등으로 대체시켜야만 하는 사회는 오히려 병든 사회고 왜곡된 사회다. 또한 개인으로 봐도 성적 욕구를 무의식적으로 은폐시켜 억누르는 사람이 있다면, 그 사람은 결국 중세기의 종교재판관과 같은 사람이 될 수밖에 없다. 그런 사람들은 타인에게 해를 끼치는 것은 물론 스스로도 결국 성격 파탄자가 되어버린다. 이탈리아의 소설가 보카치오의 소설 『데카메론』은, 당대의 명기(名妓)를 회개시키러 갔던 수도승들이 오히려 그네들의 관능미에 반해 스스로 정신분열을 일으키는 스토리를 많이 담고 있다.

✽

또한 성과 정치의 관계를 빼놓을 수 없다. 지금까지 기득권 지배층에 의해서 선전된 도덕과 윤리는 다분히 금욕주의적 측면에 치중된 것이었다. 국민 개개인의 금욕주의적 인식이 강해질 때 거기서 반드시 '복종의 미덕'이 생겨나고, 아울러 '인내심의 함양'이 최고의 덕목으로 간주된다. 그래서 소수의 지배계층은 이성우월주의에 입각한 '엘리트 독재'를 합법적으로 자행할 수 있게 되는 것이다.

✽

그러므로 섭세(涉世)를 진취적으로 해나가는 데 있어 가장 먼저 필요한 것은 스스로의 사랑욕구, 즉 성욕을 그 자체대로 인정하고 들어가는 일이다. 아무리 황당무계한 성적 공상이라 할지라도 그것에 대해 죄의식을 느껴서는 안 된다. 직접적인 실현과는 별도로 '느낌으로서의 성(性)', '상상으로서의 성'을 최대한 수용하여, 우선 당당하게 변태성욕적 판타지를 즐기거나 자위행위로라도 대리배설시켜보도록 애쓰자.

✽

성과 죄의식을 연결시킬 때 거기에 대한 자책감은 응당 불행을 죄의 대가로 불러들이게 된다. 예수의 말대로 사랑은 '천국으로 들어가는 문'이다. 사랑만이 만병통치약이 될 수 있고, 사랑은 반드시 성애(性愛)의 형태가 될 수밖에 없으며, 성애의 형태는 동성애와 자기애(自己愛)까지 포함하는 무궁무진한 다양성을 지니고 있는 것이다. 성에 대한 솔직한 관심의 표현과 직간접적 추구는 인간의 삶을 바꿔놓을 수 있다. 인간은 생각하는 동물이기 이전에 감각하는 동물이므로, 감각의 기능을 극대화할 수 있는 성적 쾌감의 활용이야말로 인체의 창조적 기능을 가장 완벽한 상태로 이끌어가기 때문이다.

※

사랑에 있어서 가장 중심이 되는 것은 역시 육체적 사랑이다. 그러므로 정신 위주의 '금욕주의'는 사랑의 적(敵)이다.

모든 욕망은 섹스로부터 나온다. 생(生) 자체가 곧 성(性)이다. 사랑해서 섹스하는 것이 아니라 섹스해서 사랑하게 되는 것이다. 사랑이 곧 섹스이고 섹스가 곧 사랑이다. 사랑은 환상이고 섹스는 현실이다.

봉건윤리는 섹스의 자유를 봉쇄하므로 하루 빨리 수구적 봉건윤리에서 벗어나야 한다. 그래야만 '보람 있는 삶'의 성취가 가능해진다.

무난한 인생을 위한 아포리즘

요만큼

오오 요만큼 짧은 입맞춤에도
내 몸이 풍선처럼 부풀어 가네

오오 요만큼 짧게 기른 네 손톱에도
내 자지가 긁히며 성을 내네

오오 요만큼 작은 네 젖꼭지에도
내 입 안이 흥분으로 그득해지네

오오 요만큼 적은 정액에도
징그러운 아기가 생겨나네

9
무난한 인생을 위한 아포리즘

'역설적 의도'를 삶의 방편으로 택하는 것이 좋다. '역설적 의도 (paradoxical intention)'란 역경을 딛고 일어서기 위해서는 모든 것을 거꾸로 생각하여 밀고 나가라는 말인데, 제일 좋은 예를 불면증의 치료에서 찾아볼 수 있다. 즉, 잠을 자려고 애쓰면 더 잠을 잘 수 없게 되고, 잠을 안 자려고 애쓰면 저절로 피곤에 겨워 잠이 오게 된다.

✻

마음이 가난한 자, 즉 욕심이 없는 자가 오히려 복을 받으며, 공즉시색(空卽是色), 곧 마음을 비워놓아 욕심이 없어져야 재물(色)을 얻을 수 있다는 진리, 이것은 죽은 뒤에나 천당이나 극락에 가보자는 현실도피적 가르침이 아니라 실제로 살아 있는 동안에 복을 받을 수 있는 실천원리였다. 이충무공의 "필생즉사 필사즉생(必生

則死 必死則生)" 역시 비슷한 맥락에서 이해될 수 있을 것이다.

✳

오스트리아의 정신분석학자 빅터 프랭클은 우리가 고난의 의미를 발견하고 그것과 친숙해지는 것, 즉 그것의 존재에 공포를 느끼지 않고 그것을 가까이 하려는 태도가 오히려 고난을 없애주는 유일한 방도라고 말한다. 고난은 또한 인생의 의미를 찾는 데 도움을 준다. 인생은 마라톤이자 한 편의 드라마다. 그렇기 때문에 전체의 '완성도'를 가지고 따져야지 부분을 가지고 그 성패를 따질 수는 없다.

✳

유대인이었던 빅터 프랭클은 나치 정권에 의해 그 악명 높은 아우슈비츠 수용소에 수용되어 죽음의 고비를 넘겼다. 그 결과로 나온 것이 그의 유명한 저서 『죽음의 수용소에서』인데, 이것은 주(周)나라 문왕(文王)이 장기간의 옥살이 끝에 『주역(周易)』의 기초를 구상할 수 있었다는 사실과 유사하다 하겠다.

✳

인간이 기독교 사상에서처럼 영혼의 정화를 통해서 의미를 찾든, 실제적인 부(富)나 안락 등의 쾌락을 통해서 의미를 찾든, 찾는다는 사실 자체는 마찬가지다. 그러므로 영혼은 깨끗하고 육체(또는 육체적 쾌락)는 더럽다는 생각을 버려야 한다.

✳

나는 고등학교 때부터 『주역』에 관심을 가져 지금까지 책장이

닳도록 주역을 들여다보았고, 천 번도 넘게 역점(易占)을 쳐보았다. 그렇지만 요즘엔 전혀 점을 치지 않는다. 점보다는 스스로의 판단이 더욱 중요한다는 사실을 체득했기 때문이다.

✱

우리는 '지금' 내가 갖고 있는 느낌과 본성, 그리고 욕구에 의지하여 하루하루를 그저 땜질해나가듯 무심히 살아가는 것을 원칙으로 삼아야 한다. 이럴 때도 '역설적 의도'의 효과는 역시 마찬가지로 적용된다. 역설적 의도는 일체의 이성적 계산이나 도덕적 당위(當爲)를 초월하는 태도이기도 하기 때문이다.

✱

한마디로 말해 현재적 욕구에 정직하되 '길게 보고' 살며 '두고 보자' 정신으로 나가는 것이 좋다. '두고 보자' 정신은 절대로 복수의 정신이 아니다. 시류를 초월해 주변의 유행사조에 연연하지 않고 시대를 앞서가는 정신이 바로 '두고 보자' 정신이요, 천진난만한 솔직성과 직관력을 지닌 천재(天才)의 정신인 것이다.

✱

소설집 『고금소총』에 나오는 이야기처럼 색(色)을 탐한 승려는 그 정직성을 인정받아 오히려 극락에 가고, 색을 절제한 승려는 위선죄에 걸려 지옥에 빠질지도 모른다. '색(섹스)'은 무조건 나쁜 것이 아니다.

*

　이른바 '성적(性的) 표현물'에 대한 신경증적 알레르기 증세에서 벗어나 무원칙하고 간헐적인 본때 보이기 식 규제를 풀고 마음대로 실컷 보라고 권장하면, 오히려 음성적 호기심이 없어지고 색광(色狂)들조차 시들해져서 성범죄가 훨씬 줄어들 것이다. 그뿐만 아니라 우리나라의 고질병인 수구적 봉건윤리와 이중적 위선성, 그리고 권위주의적 폐쇄성의 척결이 덤으로 따라올 것이다. 아니, 덤이 아니라 그것이 바로 내가 바라는 진짜 핵심이자 목표다. 한국사회에서 성(性)에 대한 담론이 가능하게 하고, 성에 대한 논의를 활성화해야만, 우리는 개방적 사고와 창조적 상상력에 바탕한 참된 자유민주주의를 실현할 수 있다.

*

　상상력이나 창의력이 발달한 천재적 조숙아들은 규범적 간섭이나 규제를 못 견뎌 하는 게 보통이다. 지나친 도덕적 규제는 인재의 양성을 방해한다.

*

　정치적, 문화적으로 후진된 사회일수록 도덕만능주의의 경향이 강하고 육체보다 정신을 중요시하는 경향이 두드러진다.

*

　경제적 선진국으로 갈수록 이혼율이 높아질 수밖에 없는 이유는, 인생의 목적에서 성적(性的) 쾌락 추구가 차지하는 비중이 점점 더 커지고 있기 때문이다. 성적 쾌락 추구의 면에서만 볼 때 가족적 연대감의 형성과 자식 기르기 위주의 기존의 결혼제도는 짜증나는 권태감의 연속일 수밖에 없는 것이며, 특히 여자 쪽에서 볼 때 여간 밑지는 장사가 아니다.

*

가리지 말고 골고루 먹어야 건강에 좋다고들 하지만 그렇게 먹으면 병에 걸린다. 자신의 혓바닥을 믿고서 입맛에 당기는 것만 골라 먹어야 병에 안 걸린다.

*

일해서 버는 돈을 섹스와 놀이를 위해서만 써라. 정신적 성취감(이를테면 교회 헌금 따위)을 위해서는 절대로 쓰지 마라.

*

돈을 많이 번다고 행복해지지는 않는다. 자신이 타고난 적성에 맞는 일을 해서 돈을 벌어야지만 진짜로 행복해진다. '타고난 적성'이란 다시 말해서 '자신의 야한 본성' 또는 체질을 말한다.

*

사랑을 할 때 남자에게 절륜한 정력보다 야한 정열이 더 중요하고, 여자에게도 역시 보지의 기교보다 야한 정열이 더 중요하다.

*

인생의 장기적인 계획을 세워두지 않는 것이 좋다. 모든 일을 그때그때 가서 '벼락 직관'과 '벼락치기'로 대처하는 것이 행복한 삶에 유리하다.

✳

'내일'을 걱정하여 '오늘' 쓰고 싶은 돈을 아끼면 안 된다. 오늘 돈을 마구 써버릴수록 내일 돈을 많이 벌게 되는 기적이 일어난다. '내일의 행복'을 위해 오늘의 행복을 희생시켜서는 안 된다. 그러면 내일도 불행해진다. 내일 세상이 망하더라도 오늘 사과나무를 심겠다? 나는 내일 세상이 망할지도 모르니 오늘 사과를 먹겠다.

✳

살아 있을 때 실컷 쾌락을 즐겨라. 있지도 않은 내세를 위해 쾌락을 참아가며 기도만 하고 있는 것처럼 바보 같은 짓은 없다.

✳

누군가 자신에게 심한 모욕을 가하더라도 당장 용감하게 대응하면 안 된다. 비겁하게 실실 웃으면서 일단 싸움을 피하고 나서, 장기적인 복수를 계획해 나가야 한다. 그런 의미에서 볼 때 문학작품으로서의 『성경』에는 우리에게 도움을 주는 신의 말이 실려 있다. 풀어서 번역한다면 대강 이런 뜻이다. 내가 알아서 복수해줄 테니 너는 나를 믿고 기다려라. 또 우리나라의 좋은 속담도 있다. 내 원수는 남이 갚아준다.

✳

자식에 대한 극진한 모성애를 갖고 있으면서도 남편을 보살피는 일이나 한 남편만을 고정적인 성적(性的) 대상으로 삼는 일엔 염증을 내는 '당당한 미혼모형'이 있을 수 있다. 남자의 경우엔 이런 형이 없다고 보는데, 그 까닭은 원래 동물계의 경우 수컷은 사정(射精)의 목적을 이루고 나면 곧 짝에게서 도망가 새로운 짝을 구하는 것이 보통으로 되어 있기 때문이다.

✳

한국에서는, 모든 여성은 당연히 모성애를 갖고 있어야 하고 결혼을 통해서 낳은 아기만이 축복을 받을 수 있다는 편견이 지배하고 있다. 성적(性的)인 편견이 한 인간의 운명을 출생 이전부터 지배하고 있는 셈이다. 이제부터는 그런 편견을 없애야 한다.

✳

나는 성윤리적 과도기에 처해 있는 한국에서는 혼전의 성애 형태로 구강성회(오럴섹스)가 가장 무난하다고 본다. 그리고 결혼 이후에도 구강성회를 자유롭게 즐길 수만 있다면, 우리나라 부부들이 흔히 갖고 있는 성적(性的) 권태증이나 강박증(특히 남성을 옭죄는 정력 부족에 대한 공포)은 한결 감소될 수 있다고 본다.

✳

타고난 미모에 의한 단아한 고전미보다 인공적으로 가꾼 섹시하고 그로테스크한 개성미가 현대미의 특징이라면, 1988년 서울 올림픽 때 미국의 육상선수 그리피스 조이너가 손톱을 유난히 길게 기르고 거기에 알록달록한 칠을 하여 세인들의 눈을 끌었던 것이 좋은 예라고 할 수 있다.

※

우리는 겉으로는 '정신적 행복'이니 '가난한 마음의 평화'니 하고 거짓말을 해대면서, 속으로는 진짜 소중한 보물인 '진솔한 욕망'을 내숭스럽게 감춰두어 사장시키고 있다.

※

요즘 젊은이들을 보면 너무나 쉽게 실천적 행동으로 뛰어드는 경향이 있다. 비단 젊은이들뿐만 아니라 기성세대에 속하는 사람들까지도, 가만히 앉아 공부와 사색만 하고 있으면 마치 현실을 외면하는 도피적 지식인으로 매도당할까 봐 전전긍긍한다. 어떤 종류의 행동이라도 좋으니 남들에게 자신이 어느 정도 '실천적 행동'을 하고자 노력하는 '현실참여적 지식인'이라는 것을 보여주지 못하면, 문화계에서 영영 매장되어버릴 것만 같아 불안감과 강박관념에 짓눌려 살아가고 있는 것 같다. 남을 의식하지 말고 혼자서 가라.

※

죽음은 우리의 건강이 완전히 파괴되어 원래의 안정된 상태로 돌아가는 것이다. 그릇을 예로 들어본다면 그릇이 오직 현재 상태대로 보존되고 싶어 하기만 한다면, 외부로부터 충격이 가해진다 해도 깨지지 않을 것이다. 그런데 그릇이 깨지고 마는 것은, 충격이 가해져 깨져버리는 상태가 원래의 상태보다 오히려 안정된 상태이기 때문이다. 사람의 육체 역시 마찬가지다. 병이 든다는 것은 육체를 파괴하여 안정된 상태로 복귀하기 위한 무의식적 노력의 소산이라고 볼 수 있다. 늙음과 죽음을 너무 억울해하지 마라.

*

경제적으로 얼마나 풍족하냐 안 하냐 하는 문제보다도, 정신적으로 얼마나 억압을 덜 받고 자랄 수 있느냐 없느냐 하는 문제가 더 중요하다. 진짜 훌륭한 인물이란 겉으로 나타나는 재산이나 지위 등으로 판별될 수 있는 것이 아니다. 사람의 인품은 그 사람이 갖고 있는 자주적이고 독창적인 사고방식의 정도에 따라 결정되는 것이기 때문이다.

*

지금까지 기득권 지배층에 의해서 선전된 도덕과 윤리는 다분히 금욕주의적 측면에 치중된 것이다. 국민 개개인의 금욕주의적 인식이 강해질 때 거기서 반드시 '종교의 유행'이 생겨나고, 아울러 '내세 중심의 세계관'이 최고의 덕목으로 간주된다. 그래서 소수의 지배계층은 이성우월주의에 입각한 '엘리트 독재'를 합법적으로 자행할 수 있게 되는 것이다.

그러므로 운명을 긍정적으로 개척해나가는 데 있어 가장 먼저 필요한 것은 스스로의 동물적 욕구, 즉 본능을 그 자체대로 인정하고 들어가는 일이다. 아무리 황당무계한 성적(性的) 욕구라 할지라도 그것에 대해 죄의식을 느껴서는 안 된다. 직접적인 실현과는 별도로 '느낌으로서의 성(性)', '상상으로서의 성'을 최대한 수용하여, 우선 당당하게 자위행위로라도 배설시켜보도록 애쓰자. 그래야만 성범죄를 저지르지 않게 된다.

＊

성(性)에 대한 솔직한 관심의 표현과 직간접적 추구는 인간의 운명을 행복하게 할 수 있다. 인간은 생각하는 동물이기 이전에 감각하는 동물이므로, 감각의 기능을 극대화할 수 있는 성적(性的) 쾌감의 활용이야말로 우리의 창조적 사고(思考)를 가장 완벽한 상태로 이끌어가기 때문이다.

＊

'최고의 인생'만을 추구해서는 안 된다. '무난한 인생'만 될 수 있어도 우리는 큰 탈 없이 삶을 영위해나갈 수 있다.

＊

출세에만 목숨을 걸고 덤벼드는 것은 마치 도박과도 같다. 도박에 빠져들어 패가망신하지 않으려면 '소박한 삶'을 추구해야 한다.

＊

천주교에서 강조하는 것이 "내 탓이오"다. 그러나 모든 불행은 "내 탓이오"가 아니다. 모든 것은 하느님 탓이다(그는 전지전능하므로). 쓸데없이 자학(또는 자책)하지 말자. 운명은 지나친 겸손을 싫어한다.

＊

인생은 연극처럼 '발단→전개→위기→절정→대단원'의 순서로 흘러가지만은 않는다. '위기'에서 끝날 수도 있고, '발단'만으로 그칠 수도 있다. 그러므로 앞날을 미리부터 예비할 필요는 없다. 마음을 그냥 방심상태로 내버려두자.

*

별것도 아닌 인생이 이렇게 힘들 수가 없다. 그러므로 아이를 낳아 고생시키는 것은 죄악이다. '효도'를 바라고서 아이를 낳으면 부모나 아이나 다 고생하게 된다.

*

이것이냐 저것이냐를 따지거나 '진리'가 무엇이냐를 가려내기에 앞서, 모든 다양한 이론들을 융통성 있게 포섭하여 그 안에서 실용적 이득을 구하는 쪽이 훨씬 더 나을 것 같다는 생각이 든다. 요즘 세계 곳곳에서 '이데올로기의 종언'이 외쳐지고 있는 것은 그런 까닭에서일 것이다. 흑백논리를 바탕에 깔고 있는 독선적 도그마처럼 위험한 것은 없다.

*

나는 갱년기의 인간이 가장 관심 쏟아야 할 것은, 건강이나 '젊음의 회복' 같은 것이 아니라 차분하게 인생을 바라보며 삶의 이치를 배우고자 하는 '학습에의 의욕'이라고 생각한다. 이러한 중년기의 학습욕구는 노년으로까지 이어질 수 있다. 그렇게 되면 노년은 앉아서 그저 죽기만을 기다리는 시기가 아니라 충일된 앎의 환희를 만끽할 수 있는 시기가 되는 것이다. 나는 요즘 이런 생각을 해보고 있다. 즉, "천재가 아닌 다음에야 오래라도 살고 볼 일이다"라는 생각을 말이다. 오래 살아가며 경험하게 되는 삶의 지혜는, 요절한 천재가 젊었을 때 직관적으로 체득한 지혜보다 훨씬 더 깊고 넓다.

'돼도 그만 안 돼도 그만'이라는 태도로 매사에 임하는 것이 좋다. 과도한 집착은 오히려 일을 그르치기 쉽기 때문이다.

＊

타고난 성품을 바꿀 수는 없다. 공연히 마음 또는 인격 수양이네 어쩌네 저쩌네 하면서 시간을 낭비하지 마라.

＊

자기의 직업적 적성을 일찍 파악할수록 행복한 삶을 사는 데 유리하다.

＊

저 잘난 맛으로 살아갈 수 있는 사람은 행복하다. 괜한 열등감에 시달리지 마라.

＊

나 자신의 아이덴티티(본성)는 부모가 요구하는 인간상과 무관하다. 부모의 권유에 무조건 따르다 보면 불행해지기 쉽다. 그럴 땐 과감하게 불효자가 되어야 한다.

비관적인 인생관을 갖고 살면 마음이 편해진다

황혼

스러져가는 것은 아름답다
나는 황혼을 바라보며 내 삶을 반추하고 있다

무엇이 그리 그리워 헐레벌떡 달려왔던가
무엇이 그리 보람돼 열심히 살아왔던가

어차피 이 나라에서의
인생엔 기대를 걸지 말았어야 할 것을

어차피 이 나라에서의
자유엔 희망을 두지 말았어야 할 것을

아니 어느 나라든 인생은 그저 먹고 자고의 반복인 것을
아니 어느 별이든 생명은 그 자체가 이미 슬픈 것을

자식을 낳기 싫으면 사랑조차 하지 말았어야 할 것을
죽은 뒤의 일에 미련을 두지 않는다면
글조차 쓰지 말았어야 할 것을

황혼처럼 활활 불타게 세상에 불이나 지르고 죽을까
황혼처럼 멋지게 놈들을 타당탕 쏘아 죽이고 죽을까

아아 그래봤자 어차피 세상은 징그럽게 거듭될 것을
그래봤자 어차피 놈들도 징그럽게 되살아날 것을

스러져가는 것은 아름답다
나는 황혼을 바라보며
어떻게 스러져가야 아름다울지 생각하고 있다

10
비관적인 인생관을 갖고 살면 마음이 편해진다

인생을 살아나가는 방법에는 두 가지가 있다. 낙관적인 인생관을 가지고 살아가는 것과 비관적인 인생관을 가지고 살아가는 것이다. 나는 이 두 방법 가운데 비관적인 인생관 쪽을 택하는 편이 훨씬 더 낫다고 생각한다. 대부분의 사람들은 이 말을 듣고 의아해할 것이다. 요즘은 누구나 긍정적인 사고 또는 낙관적 희망 같은 것을 강조하며 소위 '마인드 컨트롤(mind control)'에 의한 운명 개척법 같은 것이 많이 소개되고 있기 때문이다.

✽

하지만 나는 인생이란 원래부터 부조리한 것이고 생로병사(生老病死)의 고통으로 점철되는 것이라고 믿고 있기 때문에, 억지로 긍정적인 인생관을 만들어봤댔자 결국 더 큰 절망과 환멸을 가져다줄 뿐이라고 생각한다. 말하자면 나는 실존주의자들이나 쇼펜하우어의 인생관을 나의 인생관으로 채택하고 있다고 볼 수 있다. 학생들에게 강의할 때 나는 다음과 같은 비유를 자주 든다. 즉, "배에 잔뜩 힘을 주고 있다가 한 대 얻어맞는 것이 훨씬 덜 아프다"고 말이다.

＊

권투 시합을 보면 복부를 겨냥하고 때리는 경우가 많다. 나 같으면 살짝 한 대 얻어맞기만 해도 금방 고꾸라져버릴 것 같은데 권투 선수들은 수없이 얻어맞고도 끄떡없다. 그들은 긴 연습기간을 통해서 맞는 훈련이 되었고 또 미리부터 얻어맞을 것을 예상하여 배에 잔뜩 힘을 주고 있기 때문이다. 배에다 전혀 힘을 주지 않고 있는 상태는 곧 낙관적인 인생관을 견지하고 살아가고 있는 것과 같다. 반대로 배에다가 잔뜩 힘을 주고 있는 상태는 비관적인 인생관을 견지하고 살아가는 것과 흡사하다.

＊

인생은 결코 노력에 정비례하거나 우리의 계산대로 움직여지는 것이 아니다. 좋다는 보약 다 먹어보고 소위 무공해 식품으로만 이루어진 식단으로 식사를 한다고 하더라도 어느 날 갑자기 자동차에 치어 죽을 수도 있다.

＊

제1차 세계대전 직후의 독일에서 있었던 일이다. 인플레가 너무 극심하여 화장지로 밑을 닦는 것보다 지폐로 밑을 닦는 것이 더 싸게 먹힐 정도였다고 한다. 어떤 형제가 있었는데 형은 열심히 저금올 했고 동생은 열심히 맥주만 마셨다. 그런데 인플레 때문에 열심히 저금한 사람의 돈은 휴지조각이 돼버렸고 열심히 맥주만 마신 사람은 나중에 그 빈 병들을 팔고 보니까 저금해서 모은 돈보다 훨씬 많은 액수의 돈이 되더라는 것이다.

✳

그만큼이나 인생은 불안한 것이고, 종잡을 수 없는 것이고, 예측 불허의 난관이나 행운들이 중첩해 있는 것이다. 하지만 내가 이런 비유를 들었다고 해서 무조건 놀기만 하라는 말은 아니다. 다만 미래에 대한 과도한 기대나 희망을 억제해야 한다는 얘기다.

요즘 현대인들이 앓고 있는 각종 우울증이나 자폐증 등은 모두 다 '급격한 절망'에서 온다. '과도한 기대'는 반드시 과도한 실망과 낙담을 불러일으키고 '시큰둥한 기대'는 오히려 의외의 좋은 결말을 가져오기도 한다. 그래서 나는 비관적 인생관이 훨씬 더 낫다고 보는 것이다.

✳

석가모니는 인간의 모든 고통은 욕망에서 온다고 가르쳤는데, 만약에 욕망을 완전히 없애버릴 수만 있다면 열반의 세계가 열린다고 했다. 예수도 '마음이 가난한 자'가 복을 받는다고 했다. 하지만 욕망을 완전히 없애기란 우리 같은 범인(凡人)으로서는 불가능한 노릇이다. 그러므로 욕망을 점점 줄여나가는 편이 아주 없애려고 애쓰는 것보다 낫다. 그래서 내가 보기에 인간의 행복은 다음과 같은 등식으로 표시할 수 있다고 생각한다.

$$행복 = \frac{성취}{욕망}$$

사람들은 분모인 '욕망'을 줄여나가려고 노력하기보다는 분자인 '성취'를 늘려나가려고만 애쓴다. 하지만 분수 전체의 값으로 볼 때, 분모를 줄여나가는 것이나 분자를 늘려나가는 것이나 그 결과는 마찬가지다. 그래서 나는 될 수 있는 대로 분모를 줄여나가도록 애써 보라고 권하고 싶다. 즉, 비관적 인생관을 가지고 별 희망을 품지 않고 살아간다면, 오히려 의외의 세속적 행복이 따라와줄 수도 있다는 것이다.

✻

요즘 많이 팔리는 자기계발서들을 보면 모두 다 희망을 강조하고, 노력만 하면 희망이 반드시 이루어진다고 떠벌리며 독자들을 유혹하고 있다. 다 책을 많이 팔아먹으려고 하는 수작들이다. 그런 책에 속아 넘어가면 나중에 희망이 안 이루어질 때 자살하게 될지도 모른다. 현실적 실존을 직시해야 한다.

'신(神)의 은총'도 없고 '정신력의 기적'도 없다. 오히려 절망이 더 풍요한 결실을 낳는다. 『주역』에서 강조하고 있듯이, 궁(窮)해져야만 통(通)하도록 되어 있기 때문이다.

✻

우리는 도저히 생(生)과 사(死)를 피해갈 수 없다. 성경에서 얘기하는 '예수의 부활'은 말짱 거짓말이다. 그렇다면 생과 사를 뺀 인생의 극단적 고통에 해당되는 것으로 대체 어떤 것들이 있을까? 나에게 석가모니 식으로 인생의 4고(四苦)를 꼽아보라고 한다면, 나는 병고(病苦)를 첫째로 꼽고, 그 다음으로 옥고(獄苦)를 꼽고 싶다. 그 다음에 크나큰 고통으로 다가오는 것은 파산고(破産苦)일 것이고, 그 다음은 이혼고(離婚苦) 또는 별리고(別離苦) 정도가 될 것이다.

❋

이 네 가지 모두 다 고통을 당하는 당자에게 자살의 충동을 불러일으킬 만큼 가슴 에이는 고통을 준다. 파산고의 경우, 1998년 IMF 사태 때 우리나라에서는 중소기업체들의 도산이 많아지면서 빚에 몰린 회사 대표들이 자살로 생을 마감하는 사태가 빈발하였다. 신병(身病)을 비관하여 자살하는 경우도 상당히 많은데, 한국의 노인 자살률이 세계 1위이고 노인들의 자살동기가 대개는 불치의 병 때문이라는 사실을 아는 사람은 의외로 드물다.

❋

이혼 역시 당하는 사람에게 크나큰 고통을 준다. 꼭 이혼이 아니더라도 연애를 하다가 사랑하던 사람에게 버림받았을 때(즉, 실연했을 때) 자살을 택하는 경우가 많은 것은, 사람들이 얼마나 열심히 '사랑'에 목을 매달고 살아가는가를 입증해주는 사례라 하겠다. 그러나 이혼에는 체면문제나 자식문제가 끼어들 가능성이 높기 때문에 단순한 실연보다 훨씬 더 고통스러울 수밖에 없는 것이다. 나는 이혼할 때 엄청난 스트레스를 받았다.

※

옥고 역시 못 견디게 괴로운 일이다. 나는 1992년 10월 29일 내가
쓴 소설 『즐거운 사라』가 미풍양속을 해칠 '가능성'이 있다는 이유
만으로 전격 구속되어, 두 달 동안 구치소에 수감된 적이 있다. 그
때 나는 짧은 수감생활이었지만 옥고가 얼마나 고통스러운 것인가
를 온몸으로 체험해볼 수 있었다. 겨울인데도 난방시설이 없어 나
는 매일 밤을 떨며 지새워야 했고, 줄곧 감기에 시달렸다.

※

내가 일단 징역 1년에 집행유예 2년 선고를 받고 출감하고 나서,
얼마 후 같이 수감돼 있던 사상범 한 명이 감방 창틀에 목을 매어
자살한 사건이 일어났다. 마침 그 사람의 담당 변호사가 내 사건을
같이 맡고 있었기 때문에, 나나 그 사람이나 둘 다 독감방에 수감돼
있었지만, 변호인 접견 때마다 대기실에서 함께 기다리며 몇 마디
대화를 나눈 적이 있었다.

그런 인연으로 해서 나는 그 사람의 자살 보도에 접하여 더 큰 충
격을 받을 수밖에 없었는데, 나는 집행유예로 풀려나왔지만 그이는
무기징역을 언도받았기 때문에 충격을 못 이겨 자살한 것 같았다.
평생을 감옥에서 지내야 한다는 것은 당사자에겐 정말 무시무시하
게 괴로운 공포감을 심어주었을 것이다.

※

나는 위에 든 4고(四苦) 중에서 파산고만 빼고 나머지 세 가지를
조금씩이나마 맛보기로 경험해본 셈이 된다. 물론 경제적 고통을

받은 적은 많았지만 사업을 한 것은 아니기 때문에 파산고까지는 가지 않았다.

마흔두 살 때 엉터리 치과의사의 실수로 1년 반 넘게 죽을 고생을 하였다. 내가 엉터리 치과의사라고 말한 것은 그 사람이 치과의사 면허조차 없는 기공사 출신의 조수였기 때문이다. 나는 그 이전에 레지던트 의사에게 이빨 치료를 받다가 후유증으로 고생한 적이 있었기 때문에, 누군가의 소개로 서울에서 꽤 유명하다는 나이 지긋한 치과의사에게 가서 아주 비싼 치료비를 내고 치료를 받았다. 그런데 그 의사는 웬만한 치료를 조수에게 시켰고, 나는 그 조수가 면허를 가진 촉망받는 제자 의사인 줄로만 알았다. 그런데 뒤에 알고 보니 나이 많은 치과의사는 대학교수 출신이긴 해도 예방치과 전공이기 때문에 실제 치료엔 서툰 사람이었다. 그래서 조수를 두고서 의료행위를 했는데 그 조수는 무면허 의사였던 것이다.

✳

아무튼 그래서 나는 그 사람의 엉터리 잇몸수술(그것도 나중에 알고 보니 그 사람이 한 엉터리 보철시술 때문에 생긴 염증 때문이었다) 때문에 악성 치조염(齒槽炎)을 얻어 1년 반 넘게 죽을 고생을 하였다. 치명적인 병은 아니지만 극심한 통증에다 말도 제대로 못하고 밥도 못 먹고, 또 결국 의사의 실수로 인한 의원병(醫原病)이라는 것을 알고 다른 의사로 바꿔 멀쩡한 이빨들까지 와장창 빼지 않을 수 없게 되니, 그 울화란 이루 말할 수 없었다. 그때 나는 잇몸 신경을 다쳐 지금까지도 신경진정제를 자주 복용하지 않으면 안 될 지경에 이르렀다.

＊

이혼을 한 것은 마흔 살 때, 별거로 시작하여 다시 재결합을 시도 해보고 나서 다시 별거, 그리고 이혼까지 이르는 과정이 진저리 나 게 괴로운 심적(心的) 고통을 안겨주었다. 다행히 자식이 없었기에 망정이지, 자식까지 딸려 있었더라면 그 괴로움이 두제곱, 세제곱 으로 커질 뻔하였다.

내가 그때 전처에게 준 위자료는 집 한 채 값이었다.

＊

그러고 나서 나는 다시 마흔두 살 때 뜬금없이 옥고에다 항소심 과 상고심에 따른 근 3년 동안의 법고(法苦)까지 치르게 되었다. '계 란으로 바위 치기'나 '벽에다 대고 말하기' 식의 쓸데없는 소모전이 었다. 도무지 내가 무슨 죄를 졌는지 알 길이 없는 "네 죄를 네가 알 렸다" 식의 원님 재판인데다가, 행위의 죄가 아닌 상상의 죄를 따지 는 중세기적 종교재판이라서 더욱 울화가 끓었다. 이런 형편이고 보니, 나도 그만하면 어지간히 인생의 풍파를 겪어봤다는 생각이 든다.

＊

물론 평생을 감옥에서 지내는 사람이나 암 같은 불치병에 걸려 한창 나이에 허무하게 세상을 하직하는 사람에 비하면 나는 그래도 행복한 사람 축에 든다. 하지만 이런저런 자잘한 풍파들을 겪다 보 니 그때마다 인생이 허무하게 느껴지고, 특히 '합리적 지성'의 수준 이 낮은 한국사회에서 살아가는 삶에 대해 비관적인 생각이 드는 것은 어쩔 수가 없다.

✳

　이처럼 인생은 고통뿐인 것이고, 이래도 허무하고 저래도 허무한 것이다. 그러므로 헛된 희망과 꿈에 사로잡혀서는 안 된다. 계속 그런 식으로 살면 조울증이나 과대망상증에 걸릴 우려가 있다. 우리는 '할 수 없이 쓴 약 먹는 태도'로 삶을 살아가는 것이 낫다. 비관적 인생관은 그래서 오히려 득(得)이 될 때가 많은 것이다.

11
외모는 권력이다—페티시의 활용

우리들은 포플러

포플러는 오늘도 몸부림쳐 날아오르고 싶어 한다
놓쳐버린 그 무엇도 없이
대지의 감미로움만으로는 아직 미흡하여

다만 솟구쳐 날아오르는 새가 부러워
끝간 데 없이 뻗어나간 하늘이 부러워
바람이 부러워

포플러는 자유의 의미도 모르는 채
언제껏 손을 쳐들고
흔들고만 있다

날아오르라, 날아오르라, 날아오르라,
땅속에 묻어버린 꿈, 역사에 지친 생활의 빛에
체념, 권태로 하여 잊어버린
네 생명의 자존심 섞인 의지에!

아무리 흔들어 보아도 손에 잡히지 않지만
아픔도 잊고 세월도 잊고 사랑도 잊고
포플러는 오늘도 안타깝게 손을 휘저어 본다

명백히 놓쳐버린
그 무엇이라도 있다는 듯이

11
외모는 권력이다 — 페티시의 활용

나는 '외모지상주의자'라고 욕을 먹을 때가 많다. 그렇게 나를 비난하는 사람들은 한결같이 '내면의 아름다움'을 강조한다.

그들 모두는 위선자들이다. 첫인상이 중요하다는 것은 누구나 알고 있는 사실이다. 처음에 어떻게 상대방의 '내면'을 들여다볼 수 있겠는가. '겉볼안'이라는 말도 있다. '겉'을 보면 '안(즉, 마음)'을 알 수 있다는 뜻이다.

외모는 이제 권력이다. 특히 여자에겐 더 그렇다. 그래서 나는 우선 여자를 예로 들어 설명하고자 한다.

✳

나는 여성이 아름답고 멋지거나 야한(즉, 섹시한) 여성이 되려면 '노출중'을 스스로의 나르시시즘으로 즐길 수 있는 사람이 되어야 한다고 생각한다. 그렇다면 일단 겉으로만 흉내 내는 것이 아니라 진짜 마음속 깊이 야한 사람('야한 사람'이나 '섹시한 사람'은 이제 최고의 칭찬이다. 이것은 남자의 경우도 같다)이 된 다음에, 구체적으로 어떻게 화장을 해야 하며, 어떤 부분을 노출시켜야 하며, 어떻게 전체적인 멋을 가꿔나가야 이성으로부터 사랑받을 수 있는가 하는 실천적인 문제가 뒤따른다.

물론 이런 문제들은 모두 다 외관상의 문제들을 말하는 것이다. 마음속으로 아무리 야한 사람이 된다고 해도 겉으로 촌티가 더덕더덕 나는 몰골로 이성의 사랑을 받을 수는 없다. 물론 마음이 야한 여자는 '관능적 상상력'이 발달한 사람이게 마련이므로, 누가 가르쳐주지 않아도 스스로 외모를 매력적으로 가꿀 수가 있다. 그러나 워낙 사회적 인습의 장벽이 두텁기 때문에 스스로의 선천적 본능을 아예 망각해버릴 우려도 없지 않다.

✳

사실 정신과 육체는 서로 분리될 수 있는 성질의 것이 아니기 때문에, 정신이 육체를 지배할 수 있는 가능성만큼이나, 육체가 정신을 지배할 수 있는 가능성 역시 큰 것이다.

아무리 마음속이 야한 사람이라도 그것을 겉으로 표출시키는 것에 게을리하다 보면, 완전히 멋대가리 없는 인물로 전락할 우려가 있다. 오히려 겉을 화려하고 관능적으로 치장하다 보면 속까지 야해지는 경우가 더 많다. 특히 우리나라의 경우처럼 여성들에게만 멋 내고 치장할 권리가 주어진 사회에서(물론 남자도 멋을 낼 수는 있다. 그러나 역시 한계가 있다), 그저 남이 하니까 나도 따라한다는 식으로 여자들이 화장을 하고 몸치장을 하다 보면 스스로 마음속까지 점점 야해지고 있는 자신을 발견하게 되는 경우가 많다.

✻

그러나 남자들의 경우, 진짜로 야하고 관능적인 상상력이 발달한 사람이라 할지라도 자신의 그러한 천품을 아깝게 썩히게 되는 수가 많다. 대학교에서 학생들을 상대하다 보면, 특히 남학생들이 여학생들에 비해 오히려 성적(性的) 상상력의 면에 있어 아주 둔감하고 답답하게 느껴지는 경우가 많은데, 그 까닭은 남자들에게는 외모를 마음껏 치장할 권리가 주어져 있지 않기 때문이다.

그들은 성욕에 못 이겨 돈을 주고 여자를 사서 잠깐씩 정액을 배설하긴 하지만, 관능적 유희나 관능적 상상력의 면에 있어서는 지극히 보수적이고 한심하리만치 촌스럽다.

✻

원래 인간은 남녀를 불문하고 '겉으로도 야해지고 싶은 본성'을 타고났으나 현대의 남성들에게는 그러한 본성이 억압되어 있다. 그래서 결혼할 때 상대방의 처녀성을 따지고, 결혼한 이후에도 계속 의처증에 시달리는 이들이 많으며, 자위행위조차 죄의식 때문에 당당하게 하지 못하는 사람들이 많다. 사랑에서는 성교 자체보다 관능적 상상력에 의한 성희(性戱)가 더욱 중요하다는 것을 모르고 있기 때문이다.

아무튼, 그래서 여자는 남자보다 훨씬 행복하다. 그들에게는 당당하게 스스로의 '관능미'를 한껏 가꿔나갈 자유가 어느 정도 보장되어 있기 때문이다.

✱

남자들은 예쁜 여자를 좋아한다. 어느 남자에게 물어보아도 누구나 여자를 처음 볼 때 그녀의 외모에 집착하게 된다고 말한다(그것은 사실 여자도 마찬가지겠지만). 그러나 이 세상 남자들이 모두 예쁜 여자만 찾는다면 못생긴 여자는 도저히 결혼할 수가 없을 것이다. 그런데도 이 세상 남녀들은 쉽게 사랑에 빠지고 다들 그럭저럭 시집 장가를 간다.

왜 그럴까? '예쁘다'는 기준이 애매모호하기 때문이다. 그래서 "제 눈의 안경"이란 말이 나왔고 "사랑에 빠지면 곰보도 보조개로 보인다"라는 속담도 생겼다.

✱

소위 '첫눈에 반한다'는 것, 첫눈에 상대방의 매력에 사로잡힌다는 것은 상대방의 객관적 외모와 아무런 상관이 없다. 모든 미적(美的) 판단은 지극히 주관적이다. 특히 타고난 미인, 즉 화장을 전혀 안 해도 예쁜 여자에 대한 환상과 선망에 사로잡히는 것은 정말 부질없는 짓이다.

✱

물론 타고난 미인이 간혹 있긴 하다. 그러나 그런 미인이 못 된 것을 한탄하며 세월을 보내다 보면 열등감과 우울증에 빠져버리기 십상이다. 성형수술을 아무리 여러 번 한다고 해도 완벽한 미인이 되긴 어렵다. 특히 현대인의 미의식은 전형적인 미인보다 개성적인 미인을 선호하는 쪽으로 변해가고 있기 때문에, 모든 여성, 특히 남성에게 사랑받기를 원하는 여성은 완벽한 미인이 되려는 환상을 한시바삐 떨쳐버리고 인공미(人工美)에 의한 성적 매력의 창조를 위해 노력해야 한다. 그러기 위해서는 '페티시즘(fetishism)'의 심리에 대한 이해가 필요하다고 생각된다.

✻

페티시즘은 신체의 어떤 특정 부위나 인체에 부착된 물건을 보고 성적(性的) 흥분이나 만족을 얻는 것을 가리키는 용어다. 원래 '페티시(fetish)'란 말은 어떤 마술적 의미를 가진 숭배물 또는 대상을 지칭하는 말이다. 이럴 경우에는 페티시즘을 주물숭배(呪物崇拜)라고 번역한다. 성적 의미의 페티시즘은 우리말 번역이 참 까다로운데, 절편음란증(節片淫亂症)이라고 번역하는 학자도 있으나, 그렇게 되면 페티시즘이 너무 변태성욕 같은 인상을 주기 쉽기 때문에, 나는 그 말보다는 차라리 '고착성욕(固着性慾)' 또는 '탐미적 성욕'이라고 번역하는 편이 낫다고 생각한다.

✻

성적(性的) 페티시즘은 인체의 특정한 부분을 보거나 접촉하면서 성적인 만족을 얻는 일종의 '성적 숭배'다. '매력적이다'라는 말을 영어로는 'charming'하다고 하는데, 'charm'이라는 말은 '마술'을 의미하는 것이므로 'charming'이라는 말의 뜻은 마술에 홀린다는 뜻이다(매력의 '매[魅]' 자에도 귀신 '귀[鬼]' 자가 들어 있지 않은가). 따라서 우리는 어떤 이성을 볼 때 그 사람이 지니고 있는 어떤 페티시에 홀려, 그것에 매력을 느끼고 사랑에 빠져든다고 할 수 있다.

*

그러므로 이성에게 사랑을 받으려면 스스로의 개성적인 페티시를 개발해야만 한다는 결론이 도출된다. 말하자면 사람들은 누구나 상대방의 '전체'보다는 어떤 특정한 '부분'에 매료된다는 사실을 확실히 알아둘 필요가 있다.

페티시는 성적(性的) 상징이 되는 일부분이라는 의미에서 심볼리즘(symbolism)과도 관계가 깊다. 어떤 특정한 부분이 전체를 대표하거나 암시하는 것이 상징인데, 그런 의미에서 볼 때 페티시는 상징적, 관능적 상상력의 확산을 위한 자극물이다.

*

보통 사람들도 누구나 어느 정도는 다 페티시스트(fetishist)다. 누구나 처음 이성을 볼 때 상대방의 다리나 머리카락, 또는 손 등 제일 먼저 눈길이 가는 곳이 있게 마련이다.

"나는 다리가 예쁜 여자만 보면 미쳐"라고 말하는 사람도 있고, "나는 손톱을 길게 기른 여자만 보면 미쳐"라고 말하는 사람도 있다(나의 경우가 그렇다).

남성이 갖는 페티시즘의 일반적 대상은 여성의 피부색, 머리색, 손 및 손톱, 발, 머리카락, 젖가슴, 눈, 입술, 팔목 등을 비롯하여 손수건, 속옷, 장갑, 털 코트, 그물 스타킹, 꽉 끼는 가죽 바지, 가죽 치마, 긴 가죽 부츠, 하이힐, 귀고리, 목걸이, 팔찌, 발찌 등이다.

여성도 남성에게서 페티시즘을 느낀다. 그럴 경우 그 대상이 되는 것은 헤어스타일, 피부색, 콧수염, 손, 가슴 털, 특이한 안경, 향수 냄새 등 여성의 페티시와 대동소이하다. 나는 특별히 긴 손가락을 갖고 있는데, 강의 시간마다 내 손가락을 바라보며 묘한 관능적 흥분을 느낀다고 고백해오는 여학생들이 많다.

페티시스트는 일반적으로 여성보다 남성에게 더 많은데, 여성에 비해 남성은 성교할 때 지나친 에너지를 소모하므로 삽입성교보다 관음증(觀淫症)과 관련된 페티시즘을 더 즐기기 때문이다. 페티시스트는 정력이 약한 남자나 중년기, 노년기의 남자에게 많다.

그러나 현대의 도시 남성들이 대개 스트레스와 운동부족에 기인한 '창백한 지식인'들이란 점을 감안한다면, 현대 남성들은 거의 모두 페티시스트라고 볼 수 있다. 그러므로 만약에 죽어도 페티시스트가 싫다는 여성은 아프리카의 밀림으로라도 가서 변강쇠같이 무지막지한 정력을 가진 원시인을 찾아야만 할 것이다.

페티시즘을 미적(美的)인 관점에서 살펴보면, 페티시즘이란 변태성욕이라기보다는 현대에 이르러 민주화 추세에 따라 달라지기 시작한 미적 관점의 변화, 즉 미적 기준이 획일적 균형미로부터 다양한 개성미로 바꾸어가는 경향을 지배하고 있는 일반적 심리라고 볼 수 있다.

*

　고전주의 시대의 미적 이상은 균제(均齊)와 조화(調和)로서, 전체적으로 균형 잡힌 우아한 미모를 이상으로 하였다. 그러나 낭만주의의 도래와 함께 미(美)의 이상은 바뀌기 시작한다. 그래서 "관능적인 것은 어떤 것이든 아름답다"는 쪽으로 의식의 변화가 이루어졌다.

　예전에는 여성의 아름다움의 기준이 다분히 획일적이었다. 우리나라의 경우는 앵두 같은 입술, 초승달 같은 눈썹, 세류(細柳)같이 가는 허리라야 되었다. 유방이 커서도 안 되고 키가 너무 커서도 안 된다. 눈도 발도 다 작아야만 한다.

　특히 기준이 제일 엄격했던 것은 얼굴의 모양새였다. 참외쪽 같기도 하고 계란 같기도 한 갸름한 얼굴형이어야만 미인으로 쳤다. 무엇보다 이마의 모양이 아주 중요했다. 요새처럼 이마를 푹 가리는 헤어스타일은 도무지 상상할 수도 없었던 시대였으니, 단아하게 머리를 위로 빗어 올려 땋든, 쪽을 찌든, 트레머리를 하든 간에 좌우지간 이마가 반듯하면서도 넓지도 좁지도 않아야 했던 것이다.

*

　이런 형의 미녀가 되려면 미모를 타고난, 그것도 인습적으로 규정된 미모를 타고난 여인이어야만 가능하다. 시대에 따라 미의 기준은 조금씩 달라지게 되지만, 아무튼 '전체적인 조화'와 '타고난 미모'가 주로 미인의 기준이 되었던 것은 동양이나 서양이나 같다.

＊

　그러나 낭만주의 시대 이후로, 특히 현대에 와서는 아름다움이란 타고난 것이 아니라 '만들어지는 것'이라는 새로운 신념이 사람들 사이에 싹텄다. 특히 오스카 와일드는 인공적인 미를 강조하여, "예술이 자연을 모방하는 것이 아니라, 자신이 예술을 모방한다"고 선언하며 예술적 인공미를 강조함으로써 자연미의 환상으로부터 벗어나고자 노력하였다.

＊

　그래서 자기의 단점을 커버하고 장점을 살리는 식의 미용법이 강조되기 시작했다. 이마가 너무 넓으면 머리털로 푹 가리면 되고, 광대뼈가 너무 나왔으면 머리를 좌우로 늘어뜨려 뺨을 덮어 가리면 된다는 식이다. 거꾸로 이마가 예쁘면 머리를 모두 뒤로 빗어 넘겨 이마를 드러내면 될 것이다. 또한 성형수술의 발달은 외모상의 단점을 보강하는 데 큰 역할을 하였다.

＊

　페티시즘은 누구나 관능적이 될 수 있게끔 하는 '개성적 매력'의 창출에 큰 역할을 한다. 성형수술을 통해 부족한 점을 보완하는 것은 미적 평등에 기여한 커다란 발전이긴 하지만, 아직도 '전체적인 조화미'를 겨냥한다는 점에서 충분한 해결책은 못 된다. 그러므로 내 생각으로는 '부분적인 미'로 '전체적인 미'를 압도할 수 있을 때, 또 그 '부분적인 강렬함'이 '전체적 조화'를 압도할 수 있을 때, 누구나 아름다워질 수 있는 기틀이 마련된다고 본다.

그렇게 되면 개개인은 누구나 자기의 기호와 천부적 장점을 살려 각자의 페티시를 당당하게 개발시킬 수 있게 된다. 또한 '화장을 전혀 안 하고 장신구를 안 한 여자가 진정 아름다운 여자'라는 자연미의 환상으로부터 해방되어, 각자 스스로의 나르시시즘도 즐기면서, 또 자기의 페티시와 일치하는 페티시를 가진 이성과의 사랑도 가능해지게 되는 것이다.

❋

예컨대 특별히 긴 머리카락을 스스로의 페티시로 가꿀 경우, 그 페티시가 주는 매력은 전체적인 조화미, 균형미를 훨씬 능가할 수 있으며, 긴 머리카락에 특별히 집착하는 이성의 관능적 상상력을 자극하여 서로 지속적인 사랑을 나눌 수 있다.

'전체적으로 완벽한 미(美)'란 존재하지 않는 것이며, 설사 있더라도 그것은 관념적인 것이어서 성적(性的)인 것과 무관하다. 성적인 아름다움만이 진정한 아름다움, 실용적 아름다움이라는 인식이 보편화될 수 있을 때, 우리는 인간이라면 누구나 갖고 있는 미적(美的) 콤플렉스에서 해방될 수 있다.

❋

몇몇 기업가들에 의한 유행심리 조작으로 만들어진 획일적인 헤어스타일, 획일적인 의상 등은 차츰 사라져가고 있다. 이제는 다리가 예쁜 여성은 짧은 치마를, 다리가 미운 여성은 긴 치마를 입을 권리가 있다. 화장도 전체적인 화장에서부터 부분 화장으로 바뀌어가고 있다. 또 남성들의 복장이나 헤어스타일 역시 점점 더 개성화

되어간다.

✻

　그러나 이러한 '개성미의 확장'이 단지 스스로의 단점을 커버하는 정도에 머물러서는 안 되고, 보다 대담하게 스스로의 페티시를 창조하는 데까지 이르러야 한다.

　각자의 개성적 페티시를 인정해줄 수 있는 풍토, 그리고 그것을 적극적인 성애를 위한 상징적 자극물로 수용하려는 자세가 사회적으로 토착될 수 있다면, 우리는 관념적 섹스로부터 해방되어 누구나 창조적인 쾌락을 공유할 수 있게 되는 것이다.

✻

　인간이 그리워하는 원초적인 마음의 고향은 물론 아담과 이브가 벌거벗고 뛰놀던 에덴동산이다. 그러나 나체주의(nudism)로 돌아간다고 해서 우리가 다시금 행복을 보장받을 수는 없다.

　애초에 수치심의 표상으로 생겼던 '무화과 잎사귀'를 자연미에 대항하는 '개성적 페티시'로서의 관능적 창조물로 변화시킬 수 있을 때, 하느님의 창조물로서의 인간이 갖는 '숙명'과 자연에 소속된 부속품으로서의 인간이 갖는 '생식적(生殖的) 섹스'의 장벽을 뛰어넘어, 아름다움과 성이 일체화되는 기쁨을 맛볼 수 있을 것이다.

　지금까지 변태성욕의 하나로만 간주되었던 페티시즘을 현대인의 모든 생활미학에 작용시킬 때, 각자의 개성이 신장될 수 있고, 개성적인 미의식과 개성적인 성관(性觀)이 자유의 개념과 연결될 수 있다. 따라서 '쾌락 추구의 정당성'이 보편타당한 것으로 받아들여질 수 있게 되는 것이다.

사랑받고 싶어 하는 모든 사람들이여, 지금부터라도 자신의 페티시를 당당하게 키워나가라!

✻

혼혈적(混血的)인 것은 아름답다. 동양적인 얼굴과 금발로 염색한 머리는 묘한 하모니를 이룬다. 성형수술로 쌍꺼풀을 만들고 코를 높여 동양적인 얼굴을 억지로 서양적인 얼굴로 만든 여성은 그 어색하고 안쓰러운 조화감 때문에 오히려 관능적 매력을 풍긴다.

✻

짝짝이인 것은 아름답다. 사팔뜨기 여인의 눈은 섹시하다. 좌우의 길이가 다르게 커트한 언밸런스 스타일의 머리도 섹시하다. 손톱마다 다른 색깔의 매니큐어를 바른 여인, 특히 새끼손톱이나 엄지손톱을 다른 손톱보다 유난히 길게 기른 여인의 손도 섹시하다.

✻

귀고리를 한쪽만 달거나, 양쪽 귀에 서로 대조적으로 다른 모양의 귀고리를 한 여인도 관능적이다. 왼발과 오른발의 구두를 각각 다른 색으로 신은 여인도 관능적으로 보인다.

✻

뾰족하고 날카로운 것은 모두 다 아름답다. 비수처럼 뾰족한 손톱, 송곳같이 뾰족한 굽의 하이힐, 날카롭게 뻗은 고양이의 수염, 눈 가장자리로 길게 뻗어나간 푸른색의 아이라인 등등.

어쩐지 으스스하고 그로테스크하게 보이는 것은 모두 다 아름답다. 초록색이나 푸른색 또는 흰색으로 염색된 머리카락, 흑장미색의 립스틱을 짙게 바른 여인, 금속성의 번쩍이는 푸른색 아이새도를 눈두덩에 넓게 펼쳐 바른 여인, 눈썹을 아예 밀어버린 여인, 젖꼭지에 링을 달아맨 여인 등등.

✻

불안하고 아슬아슬한 것은 모두 다 아름답다. 얼기설기 끈으로만매어 금방 흘러내릴 것 같아 보이는 비키니 수영복 또는 탱크톱 스타일의 야회복, 당신이 눈물을 글썽거려 짙디짙은 눈 화장이 엉망으로 얼룩져버릴 것만 같은 위기의 순간, 임자 있는 사람과의 데이트, 팬티 없이 치마나 바지만 입고 다닐 때의 기분.

✻

엿보이는 것은 아름답다. 속이 훤히 비치는 시폰 옷감으로 만든드레스를 입은 여인, 옆구리가 엉덩이 부분부터 아래로 찢어져 내려오는 롱스커트를 입은 여인, 엷은 연기빛 선글라스를 통해 들여다보이는 여인의 그윽한 눈동자.

✻

옷깃을 올려 목과 얼굴을 살짝 가린 여자는 아름답다. 머리카락을 늘어뜨려 이마와 두 뺨을 가린 여자도 아름답다. 쇼트커트로 얼굴을 온통 드러낸 여자는 징그럽다. 무섭다. 비밀이 없다. 엿보이는 것이 없다. 그래서 당당해 보이긴 하지만 관능적이지는 않다.

✱

노출이 심한 옷을 입은 여자는 무조건 아름답다. 가슴을 깊게 파 젖가슴을 반쯤 드러낸 여인, 스판덱스로 된 초미니스커트를 입어 앉아 있을 때 팬티가 살짝살짝 드러나는 여인, 골반 바로 위부터 젖가슴 아래까지 훤히 드러나는 배꼽티를 입은 여인, 젖가슴은 가릴 수밖에 없어도 등을 허리까지 넓고 깊게 판 옷을 입은 여인 등등.

✱

불편한 것, 불편해 보이는 것, 아니 일부러 불편하게 한 것은 모두 아름답다. 엄청나게 길게 길러 휘어진 손톱(그녀의 손이 감미로운 권태감으로 불편해 보인다), 무지무지하게 높은 굽의 하이힐, 너무 좁고 꽉 껴 걸어다니기도 불편할 정도의 초미니 타이트스커트, 팔을 움직이기 힘들 정도로 무거운 팔찌, 목이 기형적으로 가늘고 긴 여인, 그 여인의 목에 꽉 죄게 매어져 있어 목을 마음대로 돌릴 수 없을 만큼 무겁고 폭이 넓은 개목걸이, 두 발목 사이를 체인으로 이어놓아 불편하긴 하지만 우아한 걸음걸이를 도와주는 족쇄 모양의 발찌.

✱

과장적이거나 인공적인 것은 모두 다 아름답다. 칫솔처럼 길고 두텁고 뻣뻣하게 뻗어나간 인조 속눈썹, 머리카락을 미칠 듯이 부풀려 머리통이 가분수처럼 커 보이는 여자, 눈 위쪽보다 눈 아래쪽에 더 긴 인조 속눈썹을 붙인 여자, 얼굴에 순백색의 파운데이션을 두텁게 발라 마치 가면을 쓴 것처럼 보이는 여자, 머리카락을 모두 위로 솟구치게 하고 거기에 풀을 먹여 에펠탑처럼 뾰족한 헤어스타일을 한 여자, 눈에는 황금색 콘택트렌즈를 끼고 입술엔 하늘색 립스틱을 칠한 여자, 땅에 질질 끌릴 정도로 머리카락을 길게 기른 여자, 10센티미터가 넘는 긴 인조손톱을 붙인 여자 등등.

어떻게 병(病)에 대처해나갈 것인가

권태

아프지 않으면 권태롭다

전쟁 끝에 평화가 아니라 권태다

고생 끝에 낙(樂)이 아니라 권태다

사랑 끝에 결혼이 아니라 권태다

오르가슴은 없다

12
어떻게 병(病)에 대처해나갈 것인가

우리가 사는 생태계는 끊임없이 서로가 서로를 죽이거나 괴롭히며 각자의 생존을 영위해나가는 먹이사슬로 이루어져 있다. 우리가 불쌍한 소나 돼지를 아무렇지도 않게 잡아먹듯이 뇌염모기 역시 먹고 살려고 인간의 피를 빨아먹는 것이다. 회충이나 촌충 따위의 기생충 역시 마찬가지다. 그러므로 전염성 질환과의 싸움은 인류가 역사를 계속해나가는 한 끝없이 이어지는 싸움이 될 수밖에 없다.

＊

이러한 전염성 질환 및 이와 유사한 병을 일단 '외부적 요인으로부터 오는 병'이라고 이름 붙일 수 있다. 페스트나 에이즈 같은 치명적인 병은 아니라 하더라도 감기나 폐렴 등이 다 전염성 질환에 속한다. 또 요즘 사회문제가 되고 있는 공해병 역시 외부로부터 오는 질환이다. 공기나 물이 맑아지면 자연히 없어지는 병이기 때문이다. 교통사고 등으로 생기는 외과적 질환 역시 외부적 요인으로부터 오는 병이라고 할 수 있는데, 이 역시 교통사고를 줄이면 격감될 게 뻔하기 때문이다.

이런 병들을 낫게 하려면 개개인의 노력이나 개별적 치료법 가지고서는 안 된다. 요즘 공해 식품을 먹지 않고 무공해 식품만 먹으면 무병장수할 수 있다고 선전해대는 의학자나 건강 연구가들이 많은데, 다 근처와는 거리가 먼 얘기들이다.

✳

예컨대 담배는 몸에 해로우니 담배만 끊으면 된다는 식인데, 담배를 안 피운다고 해도 탁한 공기로 뒤덮인 대도시에서 살아가는 사람들은 담배만큼이나 나쁜 스모그를 마시고 살 수밖에 없기 때문이다. 도시를 떠나 외딴 산골짜기로 들어가 산다면 혹 모르되, 담배끊고 무공해 채소만 먹는다고 해서 무병장수가 보장되지는 않는다. 그런 사람들이 오히려 '건강 염려증' 노이로제나 영양실조로 고생하기 딱 알맞다.

✳

그러므로 이러한 외부로부터 오는 병에 대해서는 역시 범국민적 차원에서의 노력이 중요하다. 특히 우리나라는 그동안 성장 위주의 경제개발정책을 펴왔기 때문에 1960년대 이후 자연파괴가 극도에 달했다. 50여 년 동안 파괴한 국토와 자연을 원상복구하려면 적어도 백 년 이상이 소요될 것이라는 전문학자들의 진단이 있는 만큼,

이제부터라도 국가적 차원에서 공해 없애기 운동(또는 정책)을 벌여야 한다. 과거엔 전염병 예방백신을 개발하는 데 들였던 노력을, 이제는 공해 없애는 데 들여야만 하는 것이다.

　매연을 뿜어대는 자동차를 타고서 교외로 달려가 '무공해 물'을 마시고 '무공해 공기'를 호흡하기보다는, 자동차 사용을 절제하는 게 낫다. 집에 가만히 앉아 있거나 도시 한복판에 머물며 '공해 식품'을 먹어치우더라도 자동차 안 타는 것이 더 큰 '치료'가 될 수 있는 것이다. 물론 여기에는 무공해 연료의 개발이나 과도한 농약 사용의 금지 등이 정부 차원에서 따라주어야 한다.

＊

　먹는 것은 먹고 싶을 때 무조건 먹어야 한다. 이거 빼고 저거 빼고 하다 보면 먹을 게 정말 없다. 어떤 건강 연구가는 음식점에 가 외식을 하더라도 반드시 집에서 담근 무공해 양조식초를 가지고 가서 음식에 첨가하여 먹으라는 등 상당히 겁주는 얘기를 많이 한다. 그렇다면 그렇게 음식으로만 건강을 지키려던 사람이 실연이나 사업의 실패 등 돌연한 정신적 충격을 받았을 때 어떤 치료법을 쓰는지 궁금하다.

＊

　외부로부터 오는 병엔 꼭 공해나 나쁜 음식 등의 원인으로 생기는 것뿐만 아니라 외적 상황이 주는 스트레스 때문에 생기는 병도 있다. 이럴 경우엔 우선 신경안정제라도 먹어야 하는데, 만약 무공해 음식만 찾고 약을 절대 금물로 여기던 사람이라면 미쳐서 죽기

딱 알맞다. '정신력'으로 버틴다는 것 자체가 또 다른 스트레스인 것이다.

✼

우리의 욕구는 다 진실된 것이다. 자연이 주는 야(野)한 욕구 중 대표적인 것은 역시 성욕과 식욕이다. 성욕을 직접적으로 못 풀면 자위행위나 포르노 보기 등 대리배설로라도 풀어야 하듯이, 음식 역시 먹고 싶은 것이 있으면 무조건 먹어야 한다. 다만 자기 체질에 맞는 음식이 있고 안 맞는 음식이 있을 수는 있다.

✼

나는 사상의학(四象醫學) 공부를 해서 덕을 많이 보았다. 그래서 양방, 한방 다 거쳐도 잘 안 고쳐지던 산증(疝症, 불두덩이 켕기고 아픈 병)을 내가 사상의학적으로 처방한 한약을 가지고 고친 적도 있고, 요즘에도 자잘한 병에 내 나름의 사상의학 처방을 써서 꽤 큰 도움을 받고 있다. 그러나 사상의학 이론에 따른다고 해서 미치도록 음식을 가려먹는 것은 아니다.

오랫동안 사상의학 이론을 공부해본 결과, 사람은 신기하게도 자기 체질에 맞는 음식을 좋아하게끔 되어 있다는 사실을 알게 되었다. 나는 고기 중엔 닭고기를 예전부터 좋아했는데, 그건 내가 소음인(少陰人) 체질을 타고났기 때문이었다.

✼

다만 젊었을 때는 어느 체질의 사람이든 대충 건강하게 마련이라 뭐든지 좋아하도록 되어 있다. 그럴 땐 구태여 사상의학이 시키는 대로 음식을 가려먹을 필요가 없다. 늙어서 몸이 약해졌을 때 사상의학 체질론에 따라 음식을 가려먹으면 되고, 대개는 그저 입에 당기는 음식을 먹으면 된다. 요컨대 '혓바닥'이 바로 최고의 의사인 것이다.

*

약도 마찬가지다. 골치가 아프면 아스피린이든 타이레놀이든 일단 먹고 봐야 한다. 진통제는 자연치유가 시간을 두고 이루어지는 동안 통증을 잊게 해주는 역할을 하기 때문에 장기연용을 하지 않는 한 나쁠 게 없다. 다만 마약만은 우리 육체의 자체 조절능력을 마비시키기 때문에 위험하다.

*

아무튼 정신적인 것이든 육체적인 것이든, 외부로부터 오는 질병은, 의학의 힘을 빌리든 자기 혓바닥의 힘을 빌리든 사랑(또는 미움)의 힘을 빌리든 그럭저럭 고쳐나갈 수가 있다. 물론 미처 의학이 손을 못 대는 불치의 전염병 같은 것은 예외다. 그러나 이것도 기적적인 자연치유가 이루어지는 경우가 가끔 있다. 종교적 기적 때문이라기보다는 병에 걸린 사람의 의지력 때문인데, 이 '의지력'의 정체가 사실은 애매모호하다.

일종의 '마음의 힘'을 의미하는 것이 바로 의지력인데, 이 경우 동물처럼 야한 본능을 가지고 뻔뻔스럽게 살아가는 사람이 유리하다고 본다. 항상 기도하고 회개하고 예의와 윤리를 중시하며 살아가는 사람은, '병'에게도 예의를 지켜 지나치게 겸손해지기 때문이다. 금욕주의적 도덕가들은 그래서 병에 약하다. 지나치게 독실한 종교인은 더욱 그러한데, 병조차 하늘의 뜻이라거나 자신이 저지른 죗값이라고 생각하기 쉬운 탓이다.

✳

현대인이 앓고 있는 모든 신경증(노이로제)과 정신신체증(정신이 원인이 되어 신체적 고통이 생기는 병)의 원인은 대부분 '권태'라는 사실을 잊어서는 안 된다. 만성 신경쇠약증에 시달리는 사람이 더 많아진 게 요즘인데(급성 신경쇠약증은 실연이나 명예 실추, 사업의 실패 등 드라마틱하고 돌발적인 사건에 기인한다), 급성과 만성은 정반대의 성질을 가지고 있다. 급성은 조용히 휴식하며 마음을 진정시키면 낫는 데 비하여, 만성은 더 바빠지고 정신이 없어져야만 낫는다.

급성 신경쇠약의 원인은 일종의 '피로감'에 있지만 만성 신경쇠약의 원인은 '권태감'에 있기 때문이다. 전쟁 같은 것이 일어났을 때나 개인적으로 연애에 빠져들었을 때 만성적 신역쇠약증이 없어지는 것은 이 때문이다.

✳

현대인, 특히 중년 이후의 중상류층 사람들은 대부분 만성 신경쇠약증에 걸려 있다. 이미 어느 정도 과업을 달성했기 때문이다. 그렇기 때문에 권태감이 늘 그들을 괴롭힌다. 특히 '드라마틱한 사랑'이 없어 생기는 권태감은 제일 무서운 병인데, 가족간의 사랑이나 부부간의 사랑은 그저 '정'에 속하는 것일 뿐 사랑이라고 부를 수는 없는 것이기 때문이다.

✳

'사랑'은 동물적 욕구 그 자체이고 이기적 소유욕에 다름 아니다. 인간의 신체 표면에 퍼져 있는 경락들 중 생식에 관련된 방광경(膀胱經)과 신경(腎經)이 전체 경락의 약 70퍼센트를 점하고 있다는 사실만 보더라도, 인간 역시 생식의 소임을 다하고 죽어버리는 수벌 같은 곤충(암놈의 경우엔 새끼를 낳고 새끼의 먹이가 되기 위해 죽어버리는 것도 많다)과 마찬가지라는 얘기가 된다.

✳

동물적 욕구로서의 사랑에 드라마틱하게 빠져 있을 때는 아무리 먹어도 살이 찌지 않고 몸매가 날씬해진다. 짝사랑의 열병 같은 것이 그를 괴롭히기 때문이기도 하지만, 그보다는 역시 사랑이라는 본능적 욕구가 에너지를 적당하게 소비시켜 신진대사가 활기차게 이루어지도록 유도하기 때문일 것이다.

✳

성욕 못지않게 인간의 신진대사를 활발하게 만드는 것은 권력욕이다. 그래서 가령 신입사원 시절에는 이를 갈고 승진에 덤벼들기 때문에 신진대사가 팔팔하게 돌아간다. 그러나 일단 어느 정도 승진한 다음부터는 '성공 우울증'에 걸리기 쉽고 만성적 노이로제에 빠져들기 쉽다.

이럴 경우 가끔 술이라도 왕창 마시며 스트레스를 풀어야 하는데, 금욕적 경건주의자일 경우에는 자신도 모르게 깊은 우울증에 빠져버리기 십상이다. 우울증까지는 그런대로 괜찮은데, 그것이 스트레스성 위장병이나 신경통 등의 정신신체증, 즉 정신적 원인을 육체적 통증으로 은폐하려는 증세로 나타나기 쉬우니 문제가 아닐 수 없다.

✳

만성적 신경쇠약자들은 또 각별히 책임감이 강한 것이 특징이다. 과도한 책임감이 불안과 고민을 조장시키는 것이다. 겉보기에 배포가 크고 포용력이 강해 보여 이른바 '보스 기질'을 갖고 있는 사람(태음인 중에 많다)은 그러므로 조심해야 한다.

✳

젊은 학생으로 말하면, 공부하기는 싫은데 "부모님이 날 공부시키기 위해 저렇게 애쓰시는데 내가 공부를 안 하면 어떻게 하나" 하고 고민하는 경우가 이에 해당된다. 부부관계로 말하면 사랑 없는 결혼생활은 지옥이라고 생각하면서도, "내 욕심 때문에 남의 일생을 망쳐놓으면 어떡하나" 하고 고민하면서 일종의 책임감 때문에 이러지도 저러지도 못하는 사람이 여기에 해당된다.

✳

말하자면 만성적인 신경쇠약 또는 신경증에 걸려 있는 사람은 육체적으로 모순된 생리현상을 보이고 있다. 그래서 아무 병도 없으면서 병투성이요, 실제로는 정력이 남아서 걱정일 정도인데 원기가 극도로 쇠약해지는 것이다. 본능적 권태감과 도덕적 의무감이 상충하여, 그 사람의 신체를 일종의 태업(怠業) 상태로 몰아갔기 때문이다.

❋

한국 사람들은 정력제 좋아하기로 세계에서도 이름났다. 하지만 그렇게 된 이유가 한국 사람들이 진짜로 정력이 약하기 때문이라고는 생각되지 않는다. '정력' 이전에 '정열'이 있어야 성욕이 일어나 성적(性的) 신진대사가 돌아가는 법이다. 그런데 한국은 내숭스럽고 이중적인 윤리의식이 워낙 강한 풍토의 나라이기 때문에, 사람들은 야한 '정열'을 가꿀 생각은 차마 못하고 오로지 애꿎은 '정력'에다가만 모든 성적 권태증의 원인을 돌린다. 그래서 그토록 오매불망 정력제에 집착하게 된 것 같다.

❋

권태감에 기인한 만성적 신경쇠약에서 헤어날 수 있는 방법은 우선 뻔뻔스런 자기변신을 시도해보는 일이다. 광적(狂的)으로 연애에 빠져보는 것이 가장 좋고, 그게 어렵다면 나이트클럽에 가서 미친놈처럼 몸을 흔들어대기만 해도 된다. 또는 사도마조히즘적 성애를 소재로 한 영화나 소설을 통한 상상적 대리만족으로라도 치받치는 본능적 욕구를 달래줄 수 있을 때, 서서히 신경쇠약 증세가 사라져 신체의 태업(怠業) 상태가 '완전한 파업'으로 이어지는 것을 막을 수 있다.

❋

'사랑'이 우리의 건강에 좋다는 것은 두말할 필요도 없는 진리다. 사랑병, 즉 상사병에 걸려 신경쇠약으로 빼빼 말라가는 청년에게 인삼, 녹용을 먹여봤자 무슨 소용이 있겠는가. 그럴 경우 그 청년이 연모해 마지않던 처녀와 데이트가 이루어지기만 하면 병이 낫는다. 여태껏 비실비실 걷지도 못하던 사람이라 할지라도, 여자가 산책을 원할 경우 남산 꼭대기까지라도 기운차게 올라갈 수 있다. 그 여자가 정 데이트를 거절한다면 비슷하게 생긴 다른 여자라도 소개해주면 한결 병이 나을 수가 있다.

＊

그런데 문제는 사랑이 그렇게 쉽게 이루어지지 않는다는 사실이다. 아니 그보다 더 중요한 것은 '사랑' 못지않게 '미움' 또한 중요하다는 사실이다. 사랑만 베풀라는 것은 미움을 참으라는 얘긴데, 미움을 참으며 사랑을 억지로 가장하다 보면 울화병이 나서 더 빨리 건강을 상한다.

겉보기엔 모범가장이고 마누라한테 욕 한번 안 하던 사람이 급병으로 졸지에 죽어버리는 일이 많은 것은 이 때문이다. 화가 날 때는 화를 내야 하고 미워할 사람이 있을 때는 미워해야 한다. 이 세상엔 사랑을 못해서 생긴 병보다 미움을 참아서 생긴 병이 더 많다. 특히 현대에 이르러 개방적인 성문화가 보급되면서부터, 상사병에서 오는 신경쇠약은 현저히 줄어들었다.

＊

요컨대 정신주의자가 아닌 육체주의자가 돼야만 모든 병을 이겨낼 수 있다. 그러므로 '정신'과 '영혼'을 중시하고 '육체(또는 육체적 쾌락)'를 천하다고 보는 일체의 종교는 병의 원인이 되기 쉽다.

관습적 사고에 빠져들지 말자

가자, 장미여관으로

만나서 이빨만 까기는 싫어
점잖은 척 뜸들이며 썰풀기는 더욱 싫어
러브 이즈 터치
러브 이즈 필링
가자, 장미여관으로!

화사한 레스토랑에서 어색하게 쌍칼 놀리긴 싫어
없는 돈에 콜택시, 의젓한 드라이브는 싫어
사랑은 순간으로 와서 영원이 되는 것
난 말 없는 보디랭귀지가 제일 좋아
가자, 장미여관으로!

철학, 인생, 종교가 어쩌구저쩌구
세계의 운명이 자기 운명인 양 걱정하는 체 주절주절
커피는 초이스 심포니는 카라얀
나는 뽀뽀하고 싶어 죽겠는데, 오 그녀는 토론만 하자고 하네
가자, 장미여관으로!

블루스도 싫어 디스코는 더욱 싫어
난 네 발냄새를 맡고 싶어, 그 고린내에 취하고 싶어
네 치렁치렁 긴 머리를 빗질해 주고도 싶어
네 뾰족한 손톱마다 색색 가지 매니큐어를 발라 주고도 싶어
가자, 장미여관으로!

러브 이즈 터치
러브 이즈 필링

13
관습적 사고에 빠져들지 말자

'관습적 사고'만큼 인간을 불행하게 만드는 것은 없다. '관습적 사고'의 반대는 '개방적 사고' 또는 '유연성 있는 사고'다. 나는 지금까지 '유연성(flexibility)'이란 말을 평생의 좌우명으로 삼고 살아왔다. 몇몇 개인 또는 지배 엘리트 집단이 갖는 편벽하고 독단적인 아집이 합법적 폭력의 형태로 나타날 때, 사회 전체를 불행의 구렁텅이로 빠뜨리는 것은 물론 역사를 뒷걸음치게 한다고 믿고 있기 때문이다. 사실 '아집'이나 '편견'이 나쁘다는 것은 누구나 다 잘 알고 있다. 그러나 아집이나 편견이 곧잘 '신념'과 혼동되어 쓰이거나 받아들여진다는 사실을 아는 사람은 드문 것 같다.

'관습적 사고'란 곧 '폐쇄적 사고'를 가리키는 것이고, 폐쇄적 사고야말로 인간을 불행에 빠뜨리는 주된 요인이 된다. 그런데 관습적이고 폐쇄적인 사고들은 대부분 종교, 도덕, 윤리, 철학 등과 유착돼 있어, 터무니없는 권위를 발휘하는 경우가 많다. 그래서 '폐쇄적 사고'는 결국 '권위주의적 사고'의 형태를 띠게 된다.

✳

오늘날 인류는 인공위성이 하늘을 날아다니게 하고 있고, 인공지능 개발에 의한 인조인간의 출현과 유전공학의 발달에 의한 유전인자의 조작을 목전에 두고 있다. 그럼에도 불구하고 '정신의 숭고성'이라는 명분을 등에 업은 갖가지 관습적 사고 또는 관습적 편견들이, 지금껏 인간을 불행의 멍에 아래 신음하게 만들고 있다는 것은 안타까운 일이다.

✳

벤저민 프랭클린이 피뢰침을 발명했을 때, 영국과 미국의 성직자들은 그것이 신(神)의 의지를 무력화시키려는 불경한 시도라고 비난했다. 벼락은 불경죄나 다른 중죄를 벌하기 위해 신이 내려 보내는 것이므로, 그것을 인위적으로 막는다는 것은 신에 대한 거역이라는 믿음에서였다. 당시의 성직자들은 덕이 있고 선행을 하는 사람은 결코 벼락을 맞지 않는다고 믿고 있었기에, 피뢰침을 설치한다는 것은 죄인이 도피하도록 돕는 것이나 마찬가지라고 생각했다.

피뢰침이 보급되고 나서 얼마 후 매사추세츠 주에 강한 지진이 일어났다. 그러자 당시 미국의 보수적 신앙인들은 그 지진을 피뢰침의 발명에 노한 신이 내린 천벌로 간주했다.

✱

영국의 제너가 천연두 예방을 위한 종두법을 개발하기까지 유럽에서는 인구의 5분의 1이 천연두로 사망했고, 5분의 1은 곰보가 되었다. 그런데 프랑스에서는 18세기 말엽까지도 종두법이 시행되지 못했다. 종두법으로 천연두를 예방하는 것은 '신의 섭리'에 반항하는 불경한 행위라고 프랑스 종교계가 반대했기 때문이었다. 그래서 합리적 계몽주의자인 볼테르는 그의 저서 『철학서한』에서 이러한 사실을 개탄하며 종교계에 반기를 들었던 것이다. 하지만 그 결과 볼테르의 책은 판매금지 처분을 받아야만 했다.

✱

편벽한 종교인들에 의해 저질러지는 이런 식의 우스꽝스런 작태가 과거의 일만은 아닌 것이, 새로 나타난 성병(性病)에 불과한 에이즈(후천성 면역결핍증)를 인류의 성적(性的) 타락에 따른 천형(天刑)이라고 말하는 종교인이나 도덕주의자들이 한국에는 많기 때문이다. 그렇다면 에이즈를 퇴치할 수 있는 약을 개발하는 것 역시 하늘의 뜻을 거역하는 일이 되어버린다.

✱

답답한 도덕지상주의자들은 지금은 치료가 비교적 수월해진 매독이 과거엔 인류를 가장 괴롭혔던 성병이었다는 사실을 까맣게 잊고 있다. 재미있는 것은, 콜럼버스가 신대륙을 발견하기 이전까지는 서양이나 동양에 매독이 전혀 없었다는 사실이다.

매독 균은 아메리카 대륙에서 유럽으로 수입됐는데, 그 이전까지 서구인들이 성적(性的)으로 완벽하게 정결했고 그 이후부터 급격히 타락해갔다고 볼 수 없다. 유럽인들이 아메리카 원주민들을 괴롭힌 대가로 매독이 생겼다는 설도 있는데, 이 역시 설득력이 없기는 마찬가지다.

✻

지금까지 지속되고 있는 종교적 편견의 극치는 피임용 콘돔조차 '악마의 도구'라고 보는 가톨릭의 입장이다. 인구가 폭발적으로 늘어나 인류멸망의 한 원인으로까지 지적되고 있고, 또 에이즈 등 성병 때문에 골치를 썩이고 있는데도 불구하고 콘돔조차 안 된다면 이는 분명 잘못된 것이다.

✻

관습적 도덕률 역시 종교적 편견과 비슷한 성격을 갖고 있다. 한 사회 속에서 서로가 평화스럽게 살아가는 방법에 대한 합리적 약속으로서의 도덕률은 관습적 도덕과는 거리가 멀다. 그러나 종교적 편견이나 미신으로부터 이끌어낸 도덕률들은 대부분 관습적 사고의 틀 안에 갇혀 있어, 인간으로 하여금 스스로 불행을 자초하게 만드는 원인으로 작용한다.

가장 대표적인 예는 역시 쾌락 추구로서의 섹스를 부도덕한 것으로 간주하는 편견일 것이고, 그 다음을 꼽는다면 검약과 청빈을 강조한 반(反)물질주의적 편견이 될 것이다. 쾌락으로서의 성을 부도덕하게 보는 것은, 일반 민중들이 자유주의 사상에 눈뜨는 것을 필사적으로 막으려 했던 지배계급에 의해 조작, 선전된 편견에 불과하다. 그리고 검약과 청빈을 강조하는 것 역시 권력에 의한 부(富)의 독점을 위해 고안된 도덕률에 지나지 않는다.

✳

우리나라는 합리적 지성의 부재와 표현의 자유 제약 면에서만 봐도 여태껏 문화적 후진국의 상태를 벗어나지 못하고 있다. 게다가 고급 문화인들일수록 더 봉건적 문화관의 울타리 안에 안주하며 그들의 기득권을 챙기고 있어, 우리 사회를 보편적 상식이 부재하는 '목소리 큰 사람' 위주의 획일주의 문화로 이끌어간다.

그들이 갖고 있는 비합리성이나 무지(無知)가 어쨌든 근대 이전의 편협하고 관습적인 사고방식의 연장선상에서 나온 것이라면, 아직도 문명이 '덜' 발달했기 때문에 그런 결과가 초래된 것이라는 견해가 나올 수 있다. 이것은 일종의 계몽주의적 역사관에 속하는 것인데, 어찌 보면 개량주의적 견해라고도 할 수 있다.

✳

그러므로 우리가 한국의 문화적 후진성을 극복하여 비합리적 사고방식에서 벗어나려면, 계몽주의적 역사관 또는 문명관에 대해 일단 입장을 정리하고 넘어가는 것이 필요하다. 어쨌든 계몽주의는 '합리적 지성의 회복'을 들고 나온 사조였기 때문이다.

하지만 우리나라 개화기 문화의 선두주자였던 춘원 이광수가 내세운 도덕적 계몽주의와 서구의 합리주의적 계몽주의를 혼동해서는 안 된다. 이광수의 계몽주의는 금욕주의적 설교와 유교윤리적 자성(自省) 위주의 계몽주의였다. 즉, 그가 주장한 '계몽'은 이율곡이 쓴 『격몽요결(擊蒙要訣)』이나 주자(朱子)의 『계몽도설(啓蒙圖說)』의 제목이 시사해주는 것처럼 수구적 유교윤리의 틀을 벗어나지 못한 계몽, 말하자면 민중을 훈도(訓導)하여 순치(馴致)시키는 것을 목적으로 하는 계몽이었다.

＊

서구의 계몽주의는 베이컨으로부터 시작된다. 베이컨이 말한 "아는 것이 힘이다"에 바탕하여, 볼테르를 비롯한 일군의 계몽주의 사상가들은 지성의 발달에 의해 역사는 진보한다고 확신했다. 그러나 이러한 생각에 반대한 사람도 있었는데, 그 대표적 사상가로 루소를 꼽을 수 있다. 루소는 지성의 발달에 의한 자연의 문명화는 오히려 인류의 비참을 초래한다고 주장하였다. 일종의 반문명사관(反文明史觀)인 셈이다.

＊

동양 역시 고대로부터 비슷한 대립상을 보인다. 비교적 낙관주의에 기초한 발전적 문명사관을 가졌던 동양의 대표적 계몽주의자를 꼽으라면 역시 공자와 맹자가 되겠고, 루소처럼 문명의 진보가 곧 인류의 불행으로 연결된다고 본 대표적인 사상가는 노자와 장자가 될 것이다.

＊

서구의 계몽주의 역시 고대 그리스 시대로까지 거슬러 올라간다. 말하자면 서구의 공자에 해당하는 사람이 바로 소크라테스인 것이다. 서구의 노자에 해당하는 사람은 에피쿠로스라고 할 수 있는데,

소크라테스나 공자가 지식과 절제를 중시한 반면 에피쿠로스나 노자는 본성과 쾌락을 중시했기 때문이다. 또한 사회조직이나 법, 또는 제도에 대해서도 생각들이 달랐다.

＊

한편 우리는 루소의 사상을 다시 한 번 음미해보지 않을 수 없다. 그는 교육의 중요성을 인식하여 교육소설 『에밀』을 지었을 만큼 어쨌든 일종의 계몽주의자였다(물론 그는 이성보다 감성을 중요시하는 다른 일면을 보였다). 그런데도 그가 원시적 자연상태를 동경하고, 인류가 문명화된 세계를 일구어나감에 따라 불행을 자초하게 되었다고 『인간불평등 기원론』에서 주장했다는 것은 흥미 있는 일이다.

그는 사유재산제도를 부정했는데, 그렇다고 해서 공산주의에서 말하는 공동노동과 공동분배를 회구한 것도 아니었다. 그는 개인주의에 기초한 원시상태가 가장 자연스러운 것이라고 보았다. 또한 그는 지성의 발달의 결과물인 학문조차도 인간을 불행으로 이끈 주범이라고 『학문예술론』에서 주장하였다. 학문과 예술은 인간이 얽매어 있는 쇠사슬 위에 수놓아진 화려한 장식에 불과하다는 이유에서였다. 루소에 의하면 학문이나 예술(즉, 문화)은 인간의 근원적 자유를 압살하고 인간으로 하여금 노예상태를 즐기게 한 장본인이고, 그러한 '즐거운 노예상태'야말로 문명인의 생활상태라는 것이다.

＊

노자도 루소와 비슷한 '무위자연(無爲自然)'을 주장하긴 했지만 국가나 사회 또는 정치의 필요성을 완전히 부정하지 않았다. 그는 '소국과민(小國寡民, 작은 나라에 적은 백성)'을 이상적 국가 형태로 내세웠으므로 사실 완전한 반(反)문명사관을 가졌다고는 볼 수 없다.

＊

이럴 때 우리는 상당히 헷갈리게 된다. 우선 인간을 불운으로 이끄는 관습적 사고나 폐쇄적 사고가 합리적 지성의 미발달 상태에서 온 것이라고 보는 볼테르(20세기의 경우에는 버트런드 러셀) 등의 생각에 동조하자니, "그럼 대체 언제까지 기다려야 하나?"라는 회의가 고개를 든다. 앞서도 언급했듯이 21세기를 맞이한 지금까지도 거의 미신에 가까운 관습적 사고나 편견들이 우리 사회 구석구석에서 발견되고 있기 때문이다. 또 한국보다 지성이 발달한 구미 선진 국가도 결코 예외는 아니어서, 광신적 종교집단이나 광신적 민족주의 사상 같은 것이 아직도 상당수의 사람들을 불행과 죽음으로 몰아가고 있기 때문이다.

＊

이런 점에서 볼 때 "쾌락만이 유일한 선이요, 고통만이 유일한 악이다"라고 주장한 고대 그리스의 철학자 에피쿠로스의 학설은, 아주 오래된 설인데도 불구하고 지성과 본능을 두루 꿰는 가장 적절한 가치관이라고 할 수 있다. 그는 정신적 쾌락의 범주 안에 종교적, 도덕적 쾌락 같은 것은 넣지 않았다. 또한 신을 부정했을 뿐 아니라 미신을 극력 배척하였다. 그는 신을 두려워하거나 신에게 아부할 필요가 없다고 주장했고, 정신적 쾌락 가운데 가장 높은 수준의 쾌락을 "고통이 없는 상태에서 오는 마음의 평정감(平靜感)"이라고 했다.

에피쿠로스는 또한 국가를 개인 상호간의 이해타산적 계약에 기초하여 성립된 부자연스러운 것으로 보았다. 그는 결혼 또한 부자연스러운 것으로 보아 "국가와 가정의 굴레에서 벗어나지 않으면 참된 쾌락을 얻을 수 없다"고까지 말했다.

✳

그러므로 노자가 어떤 형태로든 국가를 인정하고 자연질서를 운행하는 천(天)의 역할을 인정한 것에 비추어볼 때, 에피쿠로스의 주장은 한결 자유로운 면이 있다 할 것이다. 그리고 루소가 "감정에 바탕한 신앙"이라고 토를 달긴 했지만, 어쨌든 종교를 인정하고 신을 긍정한 것에 견주어볼 때, 유사한 것 같으면서도 다른 점이 많다고 할 수 있다.

✳

에피쿠로스는 윤리나 도덕 역시 일종의 처세술에 불과할 뿐이라고 주장했는데, 그의 생각을 한마디로 요약하면 '철저한 자유주의에 바탕한 편의주의'라고 할 수 있다.

언뜻 듣기에 편의주의는 이기주의나 기회주의와 같은 의미로 받아들여지기 쉽다. 그래서 비겁한 도피주의나 치사한 타협주의로 간주될 가능성조차 있는데, 편의주의는 실제로 이기주의나 기회주의와는 전혀 다른 개념이고, 타협주의와는 더더욱 거리가 멀다.

✻

편의주의는 경직된 가치관을 부정하는 것이기 때문에 곧바로 '유연성 있는 사고'와 통한다. 원시와 과학, 지성과 본능이 합리성의 토대 위에서 공존할 수 있다는 믿음이 바로 편의주의인 것이다. 다시 말해서 편의주의는 '융통성에 바탕을 둔 적극적 개인주의'라고 할 수 있다.

✻

에피쿠로스는 국가나 법의 절대성을 부정하면서도 다른 한편으로는 야만의 상태에서 평정의 상태로 옮겨가기 위해서는 잠정적으로 계약적 국가 형태가 필요하긴 하다고 하였다. 그리고 그럴 경우 법은 그 자체로서의 정의(正義), 부정의(不正義)의 의미가 없고, 다만 '공공의 쾌락에 일치할 때'만 성립되는 유연한 계약성에 의미가 있다고 했다.

✻

원시시대의 인류는 루소가 말했던 것처럼 사유재산으로서의 '토지'를 필요로 하지 않았다. 경작을 하지 않아도 얼마든지 나무열매를 따 먹을 수 있었기 때문이었다. 그러다 보니 한곳에 정착할 필요도 없었고, 경작을 위한 집약적 노동력도 필요 없어 가족이 필요치 않았다. 가족적 연대가 필요 없으니 결혼제도 역시 필요 없었다. 이리저리 떠돌며 자유롭게 섹스하고 자유롭게 먹이를 채취하며 살아가면 그뿐이었다.

✳

하지만 그렇게 살다 보니 '자유'만큼 '위험'이 따를 수밖에 없었다. 추울 때 먹이를 못 구하면 굶어 죽거나 얼어 죽기 쉬웠고, 혼자서 짐승을 사냥하다가 짐승한테 잡아먹히기도 쉬웠다. 그래서 차츰 한곳에 정착하여 경작을 하거나 가축을 기르기 시작했는데, 그러다 보니 효과적 노동력 창출과 사유재산 보호를 위해 가족이 필요하게 되어 결혼제도가 생기게 되었다. 결혼제도는 곧 씨족의 연대를 가능하게 했고, 씨족국가 형성의 토대가 되었다. 씨족국가가 커져서 차츰 큰 규모의 국가로 발전했고, 국가의 지배자는 가족제도의 영향으로 인해 '아버지'의 상징으로 되었다.

✳

그러나 문명이 고도로 발달한 현대에 이르러 교통의 발달은 원시시대의 '자유로운 이동'을 감정적으로 재현시켜주었고, 농업기술의 발달과 기계화에 따른 원활한 식량 공급은 한곳에 정착하여 '가족적 연대감'에 의지해 농업에 종사하는 것을 시큰둥하게 여기도록 만들었다. 또한 기계가 인간의 노동을 대신하게 됨에 따라 여성들 역시 '노동력 창출'을 위한 출산의 의무로부터 한결 홀가분하게 되었고, 피임의학의 발달은 더더욱 자유로운 섹스를 가능하게 해주었다. 그러다 보니 원시시대에 누렸던 '자유로운 이동'과 '자유로운 성생활'에 대한 향수가 거세게 고개를 들어 결혼제도를 서서히 무의미하게 만들어가고 있는 것이다.

물론 아직까지 이혼율의 증가만 눈에 뜨일 뿐 결혼제도 자체가 완전히 붕괴된 것은 아니다. 다시 말해서 선진국으로 갈수록 결혼과 이혼, 그리고 재혼의 끊임없는 되풀이가 보편적 사회현상으로 굳어져가고 있는 것이다.

*

하지만 차츰 프리섹스를 즐기는 독신자들이 늘어나고 있는 것이 사실이고, 이 나라 저 나라를 왔다 갔다 하며 살아가거나 최소한 잦은 여행을 통해 생의 기쁨을 맛보려는 사람들이 늘어나고 있는 것이 사실이다. 이러한 현상이야말로 '국제화(또는 세계화)'라는 말에 부합되는 것인데, 한마디로 말해서 인류는 이제 문명상태를 한껏 즐기는 한편 원시적 성생활과 원시적 방랑생활을 함께 누리는 상태로 접어들어가고 있다고 볼 수 있다.

*

따라서 관습적 사고는 한결 시대에 역행하는 사고방식이 될 수밖에 없다. 왜냐하면 관습적 사고는 과거지향 일변도의 사고일 수밖에 없기 때문이다. 인류는 이제 과거지향적 사고(원시문화를 그리워하는)와 미래지향적 사고(과학문명의 발달 추구를 위주로 하는)를 함께 포괄하여 실생활에 적용시키는 단계로 접어들어가고 있는 것이다.

*

그러므로 지성의 진보에만 지나치게 기대는 계몽주의적 가치관보다는, '문명상태와 원시상태의 편의적 결합'을 인정하는 편의주의적 가치관이 한 개인 또는 사회를 한결 더 복지적, 쾌락적 상태로 이끌어갈 수 있다. 말하자면 도덕과 본능, 지성과 반지성이 합쳐져 그때그때 효용에 따라 각각 제 기능을 발휘할 수 있게 돼야 한다는 뜻이다. 이럴 경우 '절대적 가치'나 '절대적 윤리'는 부정되고, '상황적 가치'나 '상황적 윤리'가 개인적 필요에 따라 선택된다.

✳

예컨대 결혼제도를 통해 행복을 추구하는 사람이 있을 수 있고, 독신생활을 통해 행복을 추구하는 사람도 있을 수 있다. 또는 결혼했다가 권태감에 못 이겨 이혼한 후 독신생활로 들어가는 사람도 있을 수 있고, 독신생활을 하다가 늦은 나이에 결혼생활로 들어가는 사람도 나올 수 있다. 요컨대 '독신주의'나 '가족주의'냐의 이분법이 허물어지게 되는 것이다.

✳

윤리나 도덕 역시 남에게 구체적으로 피해를 주지 않는 한 불륜 또는 부도덕은 있을 수 없다. 말하자면 '종교적 죄악' 또는 '마음의 죄악'의 개념이 없어져버리는 것인데, 이런 상태가 되면 갖가지 관습적 사고나 편견들이 사라지게 되어 인간의 불행한 운명을 한결 예방할 수 있게 된다. 불행한 운명이란 쓸데없는 고정관념에 따른 자기통제의 결과이기 때문이다.

✳

미의식 역시 도덕의식 못지않게 인간의 행복에 큰 영향을 미치는 요소다. 그런데 최근 서구나 한국에서 '보디 피어싱(body piercing)'

이 유행하고 있다는 사실은, 원시와 문명이 공존할 수 있다는 믿음에 대한 하나의 근거가 된다. 보디 피어싱이란 몸의 한 부분을 뚫고 거기에다가 금속으로 된 둥그런 링을 끼우는 것인데, 귓불을 뚫고 매다는 귀고리를 연상하면 된다. 보디 피어싱을 하는 곳은 코, 입술, 젖꼭지, 음순, 자지, 배꼽, 심지어 혓바닥에까지 미친다.

사실 보디 피어싱의 습속은 새삼스레 해괴한 것은 아니다. 아프리카나 남태평양의 원주민들은 지금도 보디 피어싱의 습속을 가지고 있다. 그들은 보다 피어싱의 습속과 더불어 살갖에 상처자국을 내거나 문신을 하는 습속도 아울러 지니고 있는데, 이제는 그러한 풍속이 문명이 발달한 선진국에까지 다다르고 있는 것이다.

✳

이러한 현상을 보더라도 인간은 과학문명을 발달시켜갈수록 거꾸로 원시적이고 본능적인 면에 대해서 향수를 느끼게 된다는 것을 알 수 있다. 그래서 하드록의 시끄러운 리듬은 아프리카 오지의 원시음악과 닮아 있게 마련이고, 위선적인 현대문명을 싫어하는 히피족이나 펑크족 그리고 나체주의자들이 계속해서 출현하게 된다.

한국의 보수적인 사람들 눈에는 보디 피어싱의 풍습이 배부른 자들이나 하는 해괴망측한 말세적 사치풍조로 보일지도 모른다. 하지만 이제 우리나라 여성들 대부분이, 그리고 일부 젊은 남성들까지도 아무렇지도 않게 귓불을 뚫고 귀고리를 한다는 사실을 감안해보면 진지한 이해가 가능할 수도 있다.

✽

　물론 아직도 우리나라엔 밥을 굶는 어린아이들도 있고 빈곤에 허덕이는 저소득층도 많다. 세계적으로 보더라도 미국 같은 부자나라에서는 국민의 3분의 1에 가까운 숫자가 비만증 때문에 고민하고 있는 반면, 아프리카 사람들은 가뭄과 내전 끝에 비참하게 굶어 죽어가고 있다.

✽

　하지만 인간은 누구나 각자 처해진 상황에 바탕한 편의주의적 사고방식에 따라 쾌락을 추구하며 살아가게 마련이다. 그러므로 배고픈 사람들을 위한 분배정의(分配正義)의 실현과 더불어 정신적 가치나 명분을 위해 쓸데없이 낭비되는 돈(전쟁에 들어가는 돈이나 종교활동에 쓰이는 돈 따위)을 줄여 국민복지비로 전용해나가되, 일부러 다 같이 배고픈 상태로 만들 필요는 없는 것이다. 개인주의와 이타주의가 사이좋게 공존할 때, 진짜로 이타적인 행위가 가능해진다는 사실을 알아야 한다.

✽

　배가 고팠던 시절에 적용되었던 관습적 윤리가 정신지향의 집단적 금욕주의라면, 절대빈곤을 벗어난 시절에 적용되는 새로운 관습적 윤리는 육체지향의 개인적 쾌락주의다. 그러므로 엄밀히 말해서 관습적 사고나 관습적 윤리 그 자체가 나쁘다고는 볼 수 없다. 다만 문제가 되는 것은 과거의 관습적 윤리만 옳고 현재의 관습적 윤리는 무조건 그른 것이라고 보는 편견이나 아집인 것이다.

*

한국에서 아직도 답습되고 있는 이광수 식 계몽주의의 문제점은, 그것이 구체적 행복(즉, 쾌락)에 바탕한 더 나은 미래를 준비하기 위한 것이 아니라, 과거에나 통용됐던 정신지향 일변도의 가치관을 현재나 미래에도 그대로 적용하는 우(愚)를 범하고 있다는 것이다. 그러므로 우리 모두는 '솔직한 이기주의자', '솔직한 쾌락주의자'가 되어야만 행복한 섭세(涉世)를 해나갈 수 있다.

涉世
論

있는 그대로의 나 자신을 받아들이자

나는 천당 가기 싫어

나는 천당 가기 싫어

천당은 너무 밝대

빛밖에 없대

밤이 없대

그러면 달도 없을 거고

달밤의 키스도 없을 거고

달밤의 섹스도 없겠지

나는 천당 가기 싫어

14
있는 그대로의 나 자신을 받아들이자

어느 울창한 숲 속에 귀여운 전나무 한 그루가 있었다. 이 작은 전나무는 몹시도 빨리 자라고 싶어 했다. 그리고 그 숲 속에 서 있는 것이 여간 싫은 것이 아니었다. 주위에 서 있는 큰 나무들이 나무꾼의 손에 베여서 끌려갈 때마다, 전나무는 그들이 어디로 가는지 숲 속의 새들에게 물어보았다. 새들은 그들이 베어진 다음에 큰 배의 갑판으로도 되고 또 임금님이 계시는 궁전의 기둥으로도 된다고 말해주었다. 그러면 이 전나무는 그것을 몹시도 부러워하곤 했다. "아, 나도 바다를 건너볼 만큼 어서 커졌으면…" 하고 그는 늘 자신의 따분한 신세를 한탄하면서 변화 있는 외계(外界)의 새로운 삶을 원했다.

그러던 중 이 나무도 드디어 자랄 대로 다 자라 숲 속의 큰 나무들 속에 낄 때가 되었다. 이 숲으로 찾아오는 사람들은 모두 다 이

전나무를 보고 "참 아름다운 나무다!" 하고 감탄들을 했다. 전나무는 그것이 무척 기뻤다. 그러나 한군데서만 서 있는 것이 도무지 싫어서 못 견딜 지경이었다.

그러던 어느 날, 이 전나무에게도 드디어 때가 왔다. 나무꾼들이 달려들어 이 전나무를 도끼로 찍어 넘어뜨렸다. 전나무는 몸뚱어리가 몹시 아팠으나 새로운 세상으로 가본다는 기쁨에서 그 고통을 이를 악물고 참았다.

사람들은 전나무를 소중히 끌고 가서 그 나라 임금님의 궁전 뜰 안에 세워놓았다. 그러자 여러 사람들이 와서 전나무의 몸에다 반짝이는 장식을 가득히 달아주었다. 다시 며칠이 지난 후 이 전나무의 주위에서는 화려한 파티가 벌어지고, 사람들은 이 전나무를 바라보면서, "아, 정말 훌륭한 크리스마스트리군!" 하고 감탄들을 했다. 그럴 때 전나무는 정말 이 세상에 태어난 보람을 느낄 수 있을 것 같았다. 그 따분하던 숲 속에서의 변화 없는 생활보다 남에게 찬사를 받는 지금의 영광이 그에겐 한없이 소중한 것으로 여겨졌다.

크리스마스 파티가 끝나자 다음 날 아침 전나무에게 사람들이 또다시 달려들었다. 전나무는 또 멋진 장식을 자기에게 달아주려는가 보다 하고 생각했다. 그러나 그것이 아니었다. 사람들은 그를 불빛 없는 어두운 광 속으로 끌고 가 처넣어버렸다. 전나무는 깜짝 놀랐으나 하는 수가 없었다. 그래서 그는 긴 겨울을 어두운 광 속에서 보내야 했다.

그러자 그는 다시, 맑은 공기가 있고 햇빛이 찬란히 빛나고 있었던 숲 속의 어린 시절의 그리워졌다. 그러나 그는 또 다른 멋진 변화가 닥쳐오기를 은근히 바라고 기다렸다. 긴 겨울이 다 가고 봄이 되었다. 사람들이 다시 와서 전나무를 끌어내었다. "옳지, 이제부터 새로운 삶이 시작되는구나!" 하고 전나무는 생각했다.

그러나 사람들은 그를 보고, "정말 볼품없이 말라버렸군!" 하고 말하는 것이 아닌가. 그리고는 달려들어 도끼로 전나무를 토막토막 잘라버렸다. 전나무는 도끼에 몸이 잘릴 때마다 숲 속의 어린 시절이 뼈아프게 다시 그리워졌다. 그러나 그런 것을 생각할 사이도 없이 벌써 전나무의 몸뚱어리는 장작이 되어 화로 속에서 불타버리고 있었다.

✱

위의 이야기는 안데르센의 동화다. 우리가 이 거친 세상에서 그런대로 행복하게 살아갈 수 있는 방법은 대체 무엇일까? 물론 처세술이 좋아야 할 것이다. 그러나 여러 처세술 이전에 우리에게 가장 긴급히 필요한 것은 무엇일까? 그것은 '있는 그대로의 나 자신을 받아들이는 일'이다. 위의 얘기는 그것을 가르쳐준다.

✱

사람은 누구나 다 자기의 현재 처지보다는 더 나아지는 것을 희구한다. 그러나 그 소망이 과연 다 이루어질 수 있는 것일까? 막연한 동경에서 시작한 일은 결국 이 전나무와 같은 결말을 보게 마련이다. 시골에서 사는 사람들은 도시에서 사는 것을 부러워하고, 서울에서 사는 사람들은 미국과 같은 부자나라로 떠나가고 싶어 한다. 그리고 남의 밑에서 일을 하고 있는 사람들은 어서 빨리 출세하여 남을 부리는 자리에 앉게 되기를 원할 것이다. 그래서 그런 명예욕과 출세욕 등 더 행복해지고 싶은 욕망 때문에 갖가지 처세술들이 동원되고 있는 것이다.

대학을 졸업할 때쯤 되면 주위에 '출세'라는 말과 '처세'라는 말이 심심찮게 떠다니게 된다. 이전까지 '나' 중심이었던 대인관계도 처세를 중심으로 다시 고쳐 생각해서 하게 되고, 손윗사람을 대할 때의 말 한마디 한마디에도 신경을 쓰게끔 된다. 참 어지간히 속물이 되는 셈이다.

그러나 나는 내가 대학을 졸업할 때 세상 사람들이 다 인정하는 '둥글게 세상을 살아가는 법'에 점점 더 강한 의문을 품게 되었다. 과연 그렇게 눈치를 보고 아부를 잘해대야만 소위 '출세'를 할 수 있는 것인가, 혼자서의 사회생활은 불가능한가 하는 생각들이었다. 그래서 우선 아쉬운 대로 얻은 결론이 '있는 그대로의 나 자신을 받아들이자'는 것이었다. 그때 내 생각에는 이것이 젊은이들에게 가장 좋은 처세법이 되어줄 것 같았다.

✽

우리를 불행하게 만드는 것은 우리가 항상 스스로에 만족하지 못하고 있다는 사실이다. 나는 왜 남보다 못생겼을까? 나의 아이큐는 왜 남들보다 낮을까? 나의 직업은 왜 이렇게 발전이 없는 것일까? 가지각색의 '있는 그대로의 나 자신을 받아들이지 못하는 생각'들이 우리들을 좀먹어가고 있다. 그것은 종당에 가서는 열등감으로 발전하여 시기심과 질투심으로 연결된다.

있는 그대로의 나 자신을 받아들인다는 일이 퍽이나 어려운 일이기는 하다. 그것은 지식인이라고 자처하는 사람들에게는 더욱 그렇다. 누구나 남보다 잘나기를 바라고, 또 억지로 무리하게 남을 딛고 올라서서라도 일단 사회적으로 출세하기를 바라고 있다. 우리는 한결같이 남의 사주팔자보다는 나의 사주팔자나 운명이 더 좋기를 바란다.

❋

그러한 속물근성으로부터 우선 빠져나올 수 있는 방법은 '있는 그대로의 나 자신을 받아들이는 일'이다. 내 생각엔, 이 방법이야말로 갖가지 뭉뚱그려진 반항심과 욕구불만 속에서 허덕이고 있는 젊은 세대들에게 있어 가장 기본적인 처세법이 될 것이라고 판단된다.

어리석은 전나무와 같은 신세가 되지 않기 위해서라도, 이 좌우명을 체질화시키는 것이 필요하다. 이 좌우명은 스스로의 무능과 자격지심을 자위하기 위한 손쉬운 방편이 아니라, 어디까지나 '세속적 출세'를 위한 도구로서의 역할까지도 해줄 수 있다.

❋

그렇다면 과연 '있는 그대로의 나 자신'을 어느 범위까지 허용하여 받아들여야 할 것인가? 이것은 확실히 어려운 문제다. 스스로가 대제국(大帝國)의 임금이 될 수도 있는데 현재는 되지 못하고 있는 것이라고 생각해야 할까, 아니면 거지로 살아야 할 팔자인데 지금 겨우겨우 입에 풀칠이라도 하고 살아가는 것을 다행스럽고 만족스럽게 생각해야 할까? 전자에 치우친다면 자칫 과대망상증으로 빠져들어갈 위험이 있고, 후자에 치우치게 된다면 너무 초라하고 꾀죄

죄해지기 쉽다.

✽

내 생각엔, 있는 그대로의 자신을 받아들이는 데 있어 일정한 기준이 없어야 할 것 같다. 자기 스스로의 존재를 지나치게 높여서도 안 되고 또 지나치게 낮춰서도 안 된다. 그때그때마다 다가드는 상황을 필연적 숙명으로, 아니 나아가서는 하늘의 섭리로 받아들이는 것, 그런 태도가 우리에겐 필요하다.

어떠한 특정 기준 위에 우리를 올려놓는다면 우리는 곧 그 기준에 우리 스스로가 못 미치는 것을 깨닫고 절망의 구렁텅이로 빠져들어갈 위험이 생기는 것이다. 그때그때 일어나는 생(生)의 변화가 이미 작정된 것이라고 생각하게 된다면, 우리의 마음은 일단 편해질 수 있다.

인생을 마치 연극에서 비극적 운명의 역할을 맡은 배우가 불행해지는 역할을 각본에 따라 당연히 연기해나가는 것과 같은 태도로 살아갈 때, 우리는 오히려 행복해질 수 있다.

✽

데카르트는 그의 『방법서설』에서 이 세상을 다소나마 행복하게 살아나갈 수 있는 네 가지 격률(格率)을 제시하고 있는데, 그 안에 "이 세계의 질서보다는 오히려 나의 욕망을 바꾸려고 노력할 것"이라는 조항을 집어넣고 있다. 우리가 타임머신을 타고 고대 중국으로 거슬러 올라가, 진시황이라도 되어 미녀들을 마음대로 거느리고 다른 사람들을 무더기로 죽이고 살리고 하며 지낼 수는 없지 않겠는가. 그러려면 정말 '세계의 질서'를 몽땅 바꾸어놓지 않고서는 곤란한 일이다.

우리의 속물근성은 자꾸만 우리를 그러한 욕망 쪽으로 부채질하지만, 그것의 달성은 정말 불가능할 뿐 아니라, 그러한 욕망 자체가 우리들을 빗나간 인생의 국외자(局外者)로 만들기에 충분하다. 그러기보다는 차라리 데카르트의 말대로 우리의 욕망을 바꾸려고 노력하는 편이 더 손쉽고 합리적인 섭세법(涉世法)일 것이다.

✱

그렇기에 데카르트는 그의 격률 속에다 다시, "네 나라의 법률과 관습에 복종하여, 하늘의 은총으로 네가 어렸을 때부터 배워온 도덕을 한결같이 지키며, 실생활에 있어서 가장 온건하고 또 극단에서 가장 먼 의견들을 따라 너를 다스릴 것"이라는, 얼핏 보기에 너무나 평범한 잔소리 같은 조항을 끼워 넣고 있는 것이다. 이처럼 일종의 숙명론자가 되는 것, 그것이야말로 우리가 행복해질 수 있는 유일한 비결이 된다.

그러나 이러한 숙명론을, 모든 것을 섣불리 체념하는 소극적인 인생관으로 보아서는 안 된다. 또한 비굴하게 사회나 권력과 타협하는 것으로 보아서도 안 된다. 인생 자체를 너그럽고 포용력 있게, 또한 긍정적으로 받아들이려는 태도가 진짜 숙명론자의 태도다.

✱

그러나 이러한 태도에 젊은이들은 강한 반발심을 느낄 것이다. 우리들을 치사한 필연론자로 만들 셈인가, 우리에게서 삶에 대한 패기와 용기를 빼앗아버리려고 하는가 하고 그들은 반문할지도 모른다. 그러나 여기서 내가 말하고 있는 '숙명'은 우리를 체계순응적인 소시민으로 이끌어가는 흉악한 괴물은 아니다. 그것은 어디까지나 우리에게 '삶과 존재에 대한 용기'를 불어넣어주는 원천인 것이다.

이러한 사실에 아직까지도 납득이 안 갈지도 모르겠다. 나 자신조차도 그러하니까. 그러나 나는 어렴풋하게나마 숙명론자가 되는 것이 행복 쪽으로 한 발자국 다가서는 것이라고 느끼고 있기 때문에 이 글을 쓰고 있다.

✳

그렇다면 이렇게 '있는 그대로의 나 자신을 긍정적으로 받아들인다'는 것은 무엇을 의미하는 것일까? 이 좌우명이 과연 갖가지 개성이 부딪쳐 와글거리며, 셀 수 없는 인간적 알력이 몸부림치고 있는 이 거친 인간 밀림 속에서 우리를 행복으로 인도해줄 수 있을까? 좀더 이야기를 부연해보기로 하자.

✳

혹자는 굴원(屈原)이 「어부사(漁父詞)」에서 말하는 것처럼 "창랑(滄浪)의 물이 맑으면 갓 끈을 씻고, 창랑의 물이 탁하면 발을 씻는 것"같이 적당히 타협하는 태도가 '있는 그대로의 나 자신을 받아들이는 것'과 통하는 것이라고 생각할지도 모른다. 그러나 반드시 그런 것만은 아닌 것 같다. 그렇게 세상을 둥글게만 살아나가려는 태도에는 지극히 이기적인 마음이 도사리고 있기 쉽다. 남을 생각지 않고 자신만을 생각하면서 있는 그대로의 나 자신을 받아들인다는 것은 지극히 위험한 생각이다.

✳

나는 '있는 그대로의 나 자신을 받아들인다'는 것에 대한 좀 더 적절한 설명을 성경의 「마태복음」 5장 3절에 있는 '산상보훈(山上寶訓)'에서 찾아볼 수 있지 않을까 생각한다. 거기서 종교적 성인(聖人)이 아닌 인간으로서의 예수는 여덟 가지 복 가운데서 제일 첫머리에, "마음이 가난한 사람들은 복이 있다"는 말을 하고 있다. 예수는 천국은 마음이 가난한 사람들의 차지라고 말했다. '마음이 가난하다'는 것이 곧 행복의 비결이 되는 셈이다. 나는 '마음이 가난한 사람'이 곧 '있는 그대로의 스스로를 받아들일 수 있는 사람'이라고 생각하고 싶다.

✳

'마음이 가난한 사람'이란 대체 어떤 사람일까? 이 말은 여러 가지 구구한 해석을 불러올 수 있는 함축적인 말이다. '마음이 가난한 사람'이란 별 욕심이 없이 평범하게 살아가는 사람들 말하고 있는 것일까, 아니면 그저 단순하고 둥글둥글한 성격의 사람을 말하고 있는 것일까?

내 생각에는 '마음이 가난한 사람'이란 '단순한 성격'의 사람을 말하고 있는 것 같다. 즉, 현실을 별로 복잡하게 받아들이지 않는 사람, 그리고 스스로의 현재 생활에 만족하고 주위 환경을 왜곡하여 보지 않는 사람이다.

❋

요즘 그런 사람들을 어디 가서 찾아볼 수 있을까 하고 궁금하게 여길지도 모르겠다. 그러나 그런 사람들을 찾아보기란 별로 어려운 일이 아니다. 당장 서울의 좀 못사는 동네로 찾아가보라. 더 구체적으로 말하면 후지게 지은 집이 많은 달동네로 찾아가서 길을 물어보라. 그렇게 사람들이 친절하고 착할 수가 없다. 대개의 사람들이 직접 길을 묻는 사람을 인도하여 찾는 집까지 데려다준다. 나는 그러한 친절을 여러 번 경험하고 무척이나 큰 감동을 받았다.

❋

그러나 그와 반대로 아주 잘사는 고급 주택가 같은 곳에 가서 길을 물어보면, 친절하게 가르쳐주는 것은 고사하고 문도 안 열어주는 것이 보통이다.

매번 이상스럽게 느끼게 되는 것은, 사회에서 교육을 많이 받고 인텔리라고 인정을 받는 사람일수록 '단순한 선량함'이 없다는 사실이다. 교육을 받지 않고 소위 무식하다고 따돌림을 받는 사람일수록 마음속에는 단순하고 선량한 인간미가 흘러넘치고 있다.

유식한 층에서는, 만약 교육을 많이 받고도 단순한 사람이 있다면 그런 사람을 숙맥이고 눈치가 없는 사람이라고 따돌리게 마련이고, 오히려 재빠른 눈치와 처세의 기교와 쇼맨십을 가진 사람을 똑똑하다고 가상히 여긴다.

*

　나 스스로 교육이 과연 어떠한 기준에서 인간의 수준을 이끌어 올리는지 알 수 없을 때가 많이 있다. 교육을 받으면서 늘어나는 것은 스스로의 현실에 만족하지 않는 허망스런 야심이요, 비리적(非理的)인 교설(巧說)로서 스스로를 위장하려고 하는 간특(奸慝)한 지성(知性)인 것 같은 생각이 자주 들게 되기 때문이다. 그렇기 때문에 예수도 "부자가 천국에 들어가는 것보다 낙타가 바늘구멍으로 들어가는 것이 더 쉽다"는 엄청난 선언을 했는지도 모르겠다.

　어쨌든 '마음이 가난해지는 것'이 행복에의 제일 첫걸음인 것만은 틀림없다. 그 한마디 속에는 여러 가지 뜻을 포괄하고 있다. 단순 질박한 인간, 관념보다는 감성과 본능에 따라 살아가는 인간이 결국 행복한 삶의 기쁨을 느끼게 된다는 의미도 포함된다.

*

　있는 그대로의 자신을 받아들인다는 것에는 또한 불교철학적 진리도 포함된다. 석가모니는 이렇게 말했다. "우리가 왜 고생을 하면서 이 세상에서 살아야 하는가? 그것은 우리가 이 세상에 태어났기 때문이다. 그렇다면 우리는 왜 태어났을까? 그것은 인연(因緣)에 의한 것이다. 인연은 왜 생겼을까? 그것은 우리에게 욕심이 있기 때문이다. 그러므로 우리에게서 욕심을 제거해버리면 이 세상의 만고(萬苦)는 사라진다. 마치 등잔 속에 석유가 없으면 심지가 계속해서 탈 수 없는 것과 같다. 이 석유야말로 욕심인 것이다."

　이렇게 무욕무아(無慾無我)의 경지를 석가모니는 우리에게 가르

쳐준다. 세상을 너무나 부정적으로만 본 것 같은 느낌을 주는 말이
지만, 아무튼 '범백(凡百)의 뒤얽힌 인연과 욕심을 초월하고자 하는
마음'이 곧 '있는 그대로의 자신을 받아들이는 일'과 서로 통한다는
사실을 암시한 것만은 틀림없다.

✻

그렇다면 우리는 가만히 앉아서 조물주가 정해준 우리의 운명을
기다리며 살아야만 하는 것일까? 있는 그대로의 자신을 받아들이기
만 하면, 손톱만치의 노력도 필요 없이 만사가 하늘의 뜻대로 이루
어져가는 것일까?

우리의 운명이 이미 하늘의 섭리로 미리 정해져 있는 것이라면,
우리 인생은 너무나 하잘것없는 것이 되어버릴 것이다. 그러나 반
드시 그런 것만은 아니다. '있는 그대로의 자신'은 항상 유동하고 있
는 것이지 숙명론의 틀 속에 고정되어 있는 것은 아니다. 이미 예정
된 우리의 인생이라 할지라도 그 안에는 훨씬 더 큰 가능성이 내포
되어 있는 것이다.

성경에는 운명의 고정불변성과 가변성의 문제에 대하여 흥미 있
는 두 가지 비유가 실려 있다. 첫 번째는 『신약성서』「로마서」9장
19절 이하에 쓰여 있는 바울의 비유다.

"그러면 당신은 내게, 그렇다면 왜 하느님께서 사람의 잘못을 책
망하시는가? 누가 능히 하느님의 뜻을 거역할 수 있겠는가? 하고 반
문할 것입니다. 오, 인간이여! 그대가 누구이기에 감히 하느님께 말
대꾸를 하는 것입니까? 만들어진 것이 만든 이에게 왜 나를 이렇게
만들었소? 하고 말할 수 있겠습니까? 토기장이가 한 흙덩이를 가지

고 하나는 귀하게 쓸 그릇을 만들고 하나는 천하게 쓸 그릇을 만들 어낼 권리가 없겠습니까? 하느님께서 하신 일도 마찬가지입니다."

❋

이 글을 읽고 우리는 낙담할지도 모른다. 이 비유대로라면 우리 는 너무나 비참한 존재인 것 같은 생각이 들기 때문이다. 우리의 운 명이 그렇게 숙명적으로 예정된 것이란 말인가? 그렇다면 노력할 필요도, 애써 희망을 가질 필요도 없지 않은가. 우리는 신의 노예인 가? 이런 질문이 쉴 새 없이 튀어나오게 된다.

그러나 우리는 이 비유 하나에 실망해서는 안 된다. 바울의 이 말 은 물론 진리에 근접한다. 그러나 우리에게서 '존재에의 용기'를 너 무나 빼앗아가 버린다.

❋

그러나 이에 반하여, 「마태복음」 25장 14절 이하에 쓰여 있는 예 수의 유명한 '달란트의 비유'는 우리에게 삶의 의욕과 진취적 기상 을 일깨워줌으로써 우리를 충분히 구원한다. 그것은 다음과 같은 비유다.

"하늘나라는 또 이와 같다. 어떤 사람이 먼 길을 떠나면서 종들을 불러 재산을 그들에게 맡겼다. 각각 힘에 맞도록 한 사람에게는 다 섯 달란트를 주고 한 사람에게는 두 달란트를 주고 또 한 사람에게 는 한 달란트를 주고 떠났다. 다섯 달란트를 받은 사람은 그 돈으로 장사하여 다섯 달란트를 더 남겼다. 두 달란트를 받은 사람도 그와 같이 하여 두 달란트를 더 남겼다. 그러나 한 달란트를 받은 사람은 땅을 파서 주인의 돈을 감추어두었다.

　오랜 후에 주인이 와서 그들과 계산하게 되었다. 다섯 달란트 받은 사람은 다섯 달란트를 더 가져와서 '주인이여, 주인께서 다섯 달란트를 내게 맡기셨는데 보십시오. 다섯 달란트를 더 남겼습니다'라고 말했다. 그때에 주인이 그에게 '착하고 신실한 종아, 잘하였다. 네가 작은 일에 신실했으니 내가 큰일을 네게 맡기겠다. 와서 주인의 기쁨을 함께 나누자'라고 말했다.

　두 달란트를 받은 사람도 와서 '주인이여, 주인께서 두 달란트를 내게 맡기셨는데 보십시오. 두 달란트를 더 남겼습니다'라고 말했다. 그때에 주인이 그에게 '착하고 신실한 종아, 네가 작은 일에 신실했으니 내가 큰일을 네게 맡기겠다. 와서 주인의 기쁨을 함께 나누자'라고 말했다.

　그런데 한 달란트를 받은 사람은 와서 '주인이여, 나는 주인께서 심지 않은 데서 거두고 헤치지 않은 데서 모으는 무서운 분임을 알고 두려워서 그 달란트를 땅에 감추어두었습니다. 보십시오. 여기 그 돈이 그대로 있습니다'라고 말했다. 그때 주인이 그 종에게 '악하고 게으른 종아, 너는 내가 심지 않은 데서 거두고 헤치지 않은 데서 모으는 줄 알았더라면 내 돈을 돈놀이하는 사람에게 맡겨두어서 내가 와서 본전에 이자를 붙여 받도록 했어야 할 것이 아니냐? 그에게서 그 한 달란트마저 빼앗아 열 달란트를 가진 사람에게 주어라. 누구든지 있는 사람은 더 받아 풍족하게 되고 없는 자는 있는 것까지 빼앗길 것이다. 이 쓸모없는 종을 바깥 어두운 데로 내어 쫓으라. 거기서 슬피 울며 이를 갈 것이다'라고 말했다."

*

이 성경 구절에 따르면, 우리의 일생은 단순히 무조건적으로 예정되어 있는 것만은 아니라는 것을 알 수 있다. 무한한 가능성의 집합체가 곧 우리 인간들인 것이다. 물론 각자가 기본적으로 타고난 능력은 조금씩 차이가 있다는 것을 성경이 시사하고 있기는 하다. 하지만 그 능력이 남보다 작은 것이라고 불평만을 하고 그것마저도 그냥 묵혀둔다면, 그런 사람은 성경에 나와 있는 대로 '한 달란트를 받은 사람'과 똑같은 신세가 되고 마는 것이다.

*

있는 그대로의 자신을 받아들인다는 것을 체질화시키는 것은 무척 어렵다. 현재의 자신에 그냥 안주해서는 안 되고, 항상 향상하고 싶어 하는 마음가짐과 노력이 곁들여져야 하기 때문이다. "하늘은 스스로 돕는 자를 돕는다"는 격언은 평범하고 진부한 말이 결코 아니라는 것을 우리는 여기서 다시 한 번 확인해볼 수 있다. 인문서로서의 성경이나 불경 또는 중국 제자백가 경전 등의 가르침을 믿고 따라가는 것만이 우리가 현명하게 섭세(涉世)를 해나갈 수 있는 비결이 될 수 있다.

*

"개천에서 용 난다"는 말은 물론 변변치 못한 집안에서도 훌륭한 인물이 나올 수 있다는 뜻이다. 나는 이 말에 아주 소중한 진리가 담겨 있다고 보는데, '개천'을 어떻게 해석하느냐에 따라 인간의 운명을 능동적으로 바꿀 수 있는 비결을 끌어낼 수 있다고 믿기 때문이다. 즉, '개천'을 경제나 명예 면에 있어 외형상 보잘것없는 집안으로 해석할 것이 아니라, 외형이야 어떻든 부모의 자녀교육 방법이나 집안 분위기가 얼마나 '안 권위적'이고 '안 보수적'이냐로 해석할 때 더 효율적인 적용이 가능하다고 보는 것이다. 그래서 나는 "개천에서 용 난다"가 아니라 "개천이라야 용 난다"가 맞다고 본다.

✻

경제적으로 얼마나 풍족하냐 안 하냐, 또는 가문이나 부모가 명망이 있느냐 없느냐 하는 문제보다도, 자식이 정신적으로 얼마나 억압을 덜 받고 자랄 수 있느냐 없느냐 하는 문제가 더 중요하다. 진짜 훌륭한 인물이란 겉으로 나타나는 재산이나 지위 등으로 판별될 수 있는 것이 아니라, 그 사람이 갖고 있는 자주적이고 독창적인 사고방식의 결과에 따라 결정되는 것이기 때문이다. 그럴 경우 성장기의 가정환경이 큰 영향을 미칠 수밖에 없다.

✻

어떤 종교를 지나치게 경직되게 믿고 있는 집안이라거나, 지나치게 전통을 따지는 가문이라거나, 또는 아버지가 지나치게 엄격한 윤리관을 갖고 있는 사람이거나 하면 자식들은 정신적으로 위축되고 억압될 수밖에 없다. 맏아들보다 막내아들이 발명가나 예술가 등 창조적 인간이 될 확률이 높다는 통계자료가 나와 있는 것은 이 때문이다. 같은 가정환경이라 할지라도 막내 쪽으로 가면 부모의 '권위'가 훨씬 덜 미치게 되기 때문일 것이다.

*

아버지가 유명한 학자거나 큰 기업가 등 이른바 저명인사일 경우, 집안 분위기와는 상관없이 자식들은 한평생 주눅 든 채로 살아가기 쉽다. 언제나 '아무개의 아들'이라는 칭호가 이름 곁에 붙어 다니게 마련이고 '아버지만 못한 아들'이라는 소리를 얻어듣기 쉽기 때문이다.

*

1990년 미국에서는 유명한 영화배우 말론 브란도의 아들이 발작적 살인사건을 저질렀다 해서 화제가 된 적이 있다. 그런데 말론 브란도의 아들은 범행을 저지를 당시 어떤 일에서나 실패한 폐인의 상태로 있었다고 한다. 아버지의 명성이 너무 높았기 때문에 그는 애초부터 열등감을 갖고서 인생을 시작할 수밖에 없었다. 그러다 보니 그가 정신적으로 계속 우울했을 것은 자명한 이치다.

*

그러므로 자식을 잘되게 하려면 부모가 유명인사여서는 안 되고, 또 적당히 무식한 편이 낫다. 만약 유명인사라고 하면 부모가 더욱더 무식해지려고 노력해야 할 것이다. 여기서 말하는 '무식'이란 학교를 전혀 다니지 못했다는 의미는 아니다.

*

의무교육의 혜택이 고르게 돌아가고, 또 점점 고학력자가 늘어나고 있는 요즘 세상에 '일자무식(一字無識)'으로 살아가는 부모는 드물 것이다. 여기서 내가 말하는 '무식'이란 말하자면 엄정한 윤리관이나 가치관 또는 이데올로기적 틀을 갖고 있지 않은, 그리고 매사에 이론적 허점을 자주 드러내 보이는 것 같지만 사실은 융통성이 많은 것을 가리킨다.

✳

그럴 경우 자식들에게 강요하는 가훈(家訓)이나 종교 따위의 이데올로기가 있을 수 없고, 또 자식들 보기에 아버지나 어머니가 '완벽한 인격자'로 보이지도 않는다. 그래서 그런 집안의 자식들은 한결 떳떳하고 자신감 있게 자기만의 독창적 사고력을 키워나갈 수 있게 되는 것이다.

✳

조금 다른 얘기지만, 내가 가르친 연세대 학생 가운데 늘 풀이 죽어 지내는 학생 하나가 있었다. 원인을 캐어보니 부모가 둘 다 이른바 최고의 일류대학이라는 서울대 출신이었다. 그래서 그 학생은 늘 풀이 죽어 있을 수밖에 없었던 것이다.

✳

나는 중학교에 진학할 때 전기(前期) 입시에 불합격하여 후기(後期)로 신입생을 뽑는 대광중학교에 들어가, 예능교육을 중시하는 학교 분위기에 반해 고등학교까지 마쳤다. 그리고 연세대학교에 다닐 때도 교수들은 대부분 보수적이지만 학생들만큼은 한국에서 제일 자유분방한 대학이라고 생각하여 활기차게 대학생활을 했다. 매사에 꽤 적응을 잘하는 내 성격 때문이기도 하지만, 어머니가 항상

"우리 집안에서 대학생이 나온 것만 해도 어디냐"고 하시며 늘 감격해하셨기 때문이다. 만약에 늘 풀이 죽어 다니던 그 학생의 부모가 대학을 못 나온 사람들이었다면 자식이 연세대에 들어간 것만으로도 감지덕지하고 대견스러워했을 게 틀림없다.

❊

자식을 훌륭하게 키우려면, 부모의 학벌이나 지위가 아무리 높다 하더라도 자식에게 아무것도 훈계하지 말아야 한다. 더러운 개천에서 미꾸라지가 자유롭게 헤엄쳐 다니고, 소독된 물에서는 물고기가 살 수 없듯이, 자식을 키울 때는 지극히 야(野)하고 지극히 '무식'하게 키워야 한다.

그래야만 스스로의 독창적 판단력이 길러지고, 종교적 또는 윤리적 선입관이나 부모가 갖고 있는 구태의연한 수구적 가치관의 한계로부터 벗어날 수가 있다. 그러니까 '개천'은 곧 작위적 도덕의 때, 지적(知的) 허영심의 때가 묻어 있지 않은 '자연 그 자체'를 가리키는 말이라고 봐도 좋다.

❊

나 자신을 두고 생각해봐도, 내가 지금 남들은 대개 보수적 권위주의자로 변해버린 60대 중반의 나이에 이만큼이라도 야하고 개방적인 사고방식을 갖고서 살아가게 된 것은 역시 가정환경에 기인한다고 생각한다. 나는 성장기에 아버지 없이 자라나 부권의 억압을 경험하지 못했고, 또 어머니도 교양 있는 분이긴 하지만 학벌만으로 보면 일제 때 소학교만 나왔고 또 종교도 없는 분이었다. 또 우리 집안 자체가 조상 자랑을 해대고 전통 있는 가문 타령을 해댈 수 없는, 말하자면 '쌍놈' 혈통이었다. 그래서 나는 부모나 조상의 카리스마적 권위에 시달리는 일 없이 나 자신의 독창적 상상력을 키워 나갈 수 있었던 것이다.

✻

그러므로 자기의 가정환경이 나쁘다고 한탄할 필요는 없다. 보통 '가정환경'은 부모의 재력, 명예, 권력, 학벌 등의 의미로 쓰이고 있는데, 그런 표피적인 것보다는 부모가 가진 종교관이나 신념, 자녀교육 방법 등의 의미로 쓰여야 한다. 그럴 경우 "개천이라야 용 난다"는 말을 믿고서, 자신의 나쁜(세속적인 눈으로 볼 때) 가정환경에 대한 불만을 갖지 말아야 한다. 있는 그대로의 자신의 처지를 받아들여야 한다.

별

이 세상 모든
괴로워하는 이들의 숨결까지
다 들리듯
고요한 하늘에선

밤마다
별들이 진다

들어 보라

멀리 외진 곳에서 누군가
그대의 아픔을 위해
기도하는 시간

지는 별들이 더욱
가깝게 느껴지고

오늘
그대의 수심(愁心)이
수많은 별들로 하여

더욱
빛난다

15
우정은 없다

우정은 애정보다 사람을 피곤하게 한다. 애정은 언제라도 끊어 버리면 그만이지만, 우정은 그렇지가 못하기 때문이다. 물론 '절교 (絶交)'라는 말이 있긴 있다. 하지만 절교가 그렇게 쉽게 이루어지는 것은 아니다. 그저 데면데면한 상태로 연락을 자주 안 할 수 있을지는 모르지만, 애인과 헤어지거나 아내(또는 남편)와 이혼하는 식으로 싹 갈라서기는 힘들다.

*

우정은 또한 너무나 포괄적 의미로 쓰여 우리를 피곤하게 한다. 세상을 살아가다 보면, 아주 가까운 친구가 아니더라도 '우정'이라는 말을 사용하게 되는 경우가 많다. 이를테면 고등학교 동창이나 대학 동창들과의 관계에서도 '우정'이라는 말이 쓰이는 게 좋은 예다. 일 년에 한 번 정도 만나는 사이라 하더라도 동창회 자리에서는 우정을 위장해야 하는데, 그것은 무척이나 피곤한 일이다.

*

또한 두 사람 사이의 우정은 각자 어느 정도 성취감을 느끼는 상황에서만 가능하기 때문에, 자칫하면 공허한 관계로 시종하기 쉽다. 학교 동창생의 경우, 재학 시절엔 무척 친했다고 해도 한 사람은 잘되고 한 사람은 못 됐을 때 우정을 지속시키기는 어렵다. 친구 사이에도 질투심이 개입될 수밖에 없고, 열등감이나 우월감을 피해가기 어렵기 때문이다.

*

고사성어 가운데는 참된 우정에 관한 것이 많다. '수어지교(水魚之交)'니, '문경지교(刎頸之交)'니, '관포지교(管鮑之交)'니 하는 말들이 그것이다. 그중에서도 '문경지교'는 정말 무시무시한 말이다. 친구를 위해서는 자기 목을 자를 수도 있다는 뜻인데, 과연 그런 우정으로 뭉친 사이가 얼마나 될까.

*

'관포지교'는 말할 것도 없이 춘추시대 때 관중(管仲)과 포숙아(鮑叔牙)의 우정을 가리키는 말이다. 두 사람은 나중에 정적(政敵)이 되었지만, 정쟁(政爭)에서 이긴 포숙아는 패배한 관중을 살려주고 오히려 자기보다 더 높은 벼슬자리에 앉혔다.

요즘 같아서는 도저히 실현하기 힘든 우정이라 할 만하다. 둘이 다 잘되거나 힘든 처지에 있을 때는 우정을 지속시키기 쉽지만, 둘 중 하나만 잘되고 하나는 못 됐을 때 우정을 지속시키기는 무척이나 어렵기 때문이다.

✱

　현대사회에서의 우정은 대개 다음 세 가지로 나뉜다. 첫째는 진짜로 의기투합하여 뜻과 행동을 같이하는 친구 사이의 우정이요, 둘째는 단지 사교상의 목적으로 만나면서(이를테면 '술친구' 따위) 이루어지는 우정이다. 그리고 셋째는 사업이나 직업 관계로 만나면서 생기는 우정인데, 직장 동료나 문단의 교우(交友) 등이 여기에 속한다.

✱

　위의 세 가지 우정 중에서 두 번째와 세 번째 종류의 우정은 우정이라고 말할 수도 없는 것이다. 그런데도 우리는 그런 종류의 우정에 많은 시간을 할애하며 살아간다. 먹고살기 위해서도 그렇고, 심심하고 권태로워서도 그렇다. 하지만 언제나 뒷맛이 씁쓸할 수밖에 없다.

✱

　첫 번째 종류의 우정이라고 해도 그것이 동성연애가 아닌 이상 우리를 궁극적으로 위무(慰撫)해주지는 못한다. 둘이서 실컷 대화를 나눈다고 해봤자 적극적 쾌감을 느낄 수는 없기 때문이다. 그래서 사람들은 결국 친구보다는 배우자를 찾아 나서고, 친구와의 만남의 횟수는 점차 줄어들게 된다.

＊

애인 사이는 자주 만날수록 정(情)이 붙지만, 친구 사이는 뜨악하게 만날수록 정이 붙는 건 이런 이유 때문이다. 아무리 의기투합하는 친구 사이라 할지라도 동업을 하거나 동거를 하게 되면 반드시 사단이 생기는 것은, 우정만 가지고는 관능적 고독감을 풀어버릴 수 없기 때문이다.

＊

인상파 화가 고흐와 고갱은 죽이 아주 잘 맞는 사이였지만, 동거한 지 얼마 안 돼 심각한 싸움에 휘말렸다. 그래서 두 사람은 절교하지 않으면 안 되었고, 고흐는 그 충격 때문에 자기의 귀까지 잘랐다.

＊

사람들은 평생 동안 애정과 우정 사이에서 방황한다. 애정에 흠뻑 빠져 있을 때는 친구 보기가 귀찮아지고, 애정이 끝나버렸을 때는 문득 친구가 그리워진다. 그러나 친구에게 열정을 쏟아봤자 애정만큼의 쾌락감을 맛보진 못한다.

그래서 다시 애정을 찾아 나서게 되는데, 이런 식의 '왔다 갔다'로 시종하다 보면 어느새 형편없이 늙어 있다. 늙어서 죽음을 의식할 때쯤 되면 우정은 정말 별 볼일 없는 품목이 돼버린다. 죽는 것은 오직 혼자서 감당해야 할 고통이기 때문이다.

✻

우정이 애정보다 더 은근히 오래가는 기쁨을 선사해주는 것은 아니다. 우정은 '정신적'인 것이기 때문에 우리를 더 귀찮게 한다. 정신적인 것은 언제나 맺고 끊는 것 없이 우리를 결박하기 때문이다.

✻

나는 학창 시절에 애정보다 우정에 더 중점을 두었다. 그래서 애인과 만나기로 했을 때, 남자 친구에게서 연락이 오면 먼저 약속을 취소하고 친구를 만날 정도였다.

그런 친구 중의 하나가 지금 연세대 국문학과 교수로 있는 K다. 내 결혼식 사회를 맡아줬을 정도로 그는 나와 절친했던 연세대 국문학과 1년 후배였다. 그는 대학원 진학이 늦어, 대학 강의를 시작할 때도, 교수가 될 때도 나한테 많은 도움을 받았다.

✻

그러던 그가 태도를 돌변하여 2000년에 나를 연세대 국문학과 교수직에서 내쫓으려고 했다. 마침 그가 학과장 보직을 맡고 있었기 때문이다. 돌아가면서 하는 봉사직인 학과장 보직을 이용해 몇몇 국문학과 교수들(그들도 나와 친했던 동료, 후배들이다)을 규합하여 나를 재임용 탈락시켜야 한다는 국문학과 인사위원회(나도 몰랐던 조직이다)의 결의서를 학교 본부에 제출했다.

가장 기가 막혔던 것은, 1992년 말에 내가 소설 『즐거운 사라』가 외설적이라는 이유로 전격 구속되어 실형 선고를 받고 또 학교에서 잘렸을 때, '마광수 복직 추진위원회'의 대표를 맡았던 R교수가 거기에 끼어 있었다는 사실이다.

✳

나는 저서 출간 업적이 많았고 학생들도 거세게 반발하여, 학교 측은 인사위원회 결의서의 결정을 보류했다. 그러나 나는 극심한 배신감에 의한 외상성(外傷性) 우울증으로 인해 2년 6개월이나 휴직하고 정신과 병원에 입원도 해가며 자살기도까지 할 정도로 몹시 고생하였다. 나는 지금도 K와 R이 무섭다(미운 것이 아니라).

K와 R 등 모든 동료 교수들의 나에 대한 분노의 원인은 오로지 하나, 즉 지독한 '질투'였던 것 같다. 내가 학생들에게 가장 인기가 많은 교수였고, 또 저서도 많아 사회적으로 유명했기 때문이다. 우정은 정말 없다.

우정을 믿고 살다가는 큰코다친다. 나는 최근에도 친구 때문에 2억 원을 날렸다.

✳

주변 사람들의 질투심 때문에 억울하게 화를 당하는 사람들이 요즘도 많다. 역사를 들여다보면 재주가 뛰어나 능력이 특출한 인물들이 질투 어린 중상을 당해 어이없는 불행을 겪은 사례가 흔하다. 우리나라의 경우라면 이순신과 조광조 같은 인물이 대표적인 예가 될 것이다. 또한 을지문덕과 호동왕자 같은 인물 역시 그들이 세운 혁혁한 공적에도 불구하고 나중에 참소를 당해 말로가 좋지 않았다.

✳

소크라테스가 어이없는 재판의 희생양이 되어 독약을 마실 수밖에 없었던 것도 그의 대중적 인기를 시샘한 기득권 세력의 질투 때문이요, 예수가 십자가에 못 박힌 것도 따지고 보면 당시 기득권 지식인들의 질투 때문이었다.

✽

시대를 앞서간 예술가들이 받은 질투와 중상은 특히 심하다. 지금은 사실주의 문학의 완성자로 불리는 발자크는, 그토록 방대한 저작과 대중적 인기에도 불구하고 프랑스 아카데미 회원 선거에서 번번이 떨어졌다. 오스카 와일드는 인기 절정의 상태에서 감옥으로 갔고, 영화 『아마데우스』의 내용이 사실이라면 음악의 천재 모차르트 역시 라이벌 작곡가의 질투 때문에 비명횡사해야 했다.

✽

나는 이순신 장군이 마지막 해전(海戰)에서 장렬하게 전사한 것이 오히려 그분에겐 다행스런 일이 아니었을까 하는 생각을 해볼 때가 있다. 만약 임진왜란 종전 후까지 살아남아 전쟁영웅 대접을 받았더라면, 반드시 참소를 당해 더 비참한 종말을 맞았을지도 모르기 때문이다. 복닥대는 전쟁의 와중에서도 중상모략을 당해 형벌의 화를 입었거늘, 하물며 할 일 없는 이들이 남을 헐뜯는 걸로 일을 삼는 평화 시에랴. 어느 민족인들 질투심이 없으랴만, 한국 민족은 특히나 질투심이 심하다는 생각이 든다.

✽

질투와 중상의 진원은 오히려 가까운 주변 사람들이다. 특히 오래된 친구는 가장 위험한 적이 될 수도 있다. 젊었을 때 비슷한 조건에서 동문수학한 친구가 나중에 자기보다 능력 면에서 월등 우월해질 경우, 우정과 신의가 여간 깊지 않은 한, 곁에 있는 친구는 질투심을 못 이기기 쉽다.

우리가 관중과 포숙아의 우정, 즉 '관포지교'를 두고두고 기리는 까닭은, 관중과 포숙아가 우여곡절 끝에 정적(政敵)이 되어 결국 포숙아 편이 승리했음에도 불구하고, 포숙아가 관중을 사면시켜준 것은 물론 그의 능력을 높이 사 자기보다 높은 자리를 내주었기 때문이다.

✳

스승과 제자 간에도 질투심은 존재한다. 아무리 능력이 뛰어난 제자라 하더라도 제자가 잘되는 것을 진심으로 기뻐하는 스승은 드물다. 나는 우리나라 대학 교육이 '우수한 교수를 배척하는 풍토' 때문에 망가져가고 있다고 보는데, 대학의 원로교수들 대다수가 '말 잘 듣고 아부 잘하는 제자'에게 교수 자리를 주길 원하지 '진짜 실력 있는 제자'를 밀어주는 경우는 극히 드물다는 사실을 경험으로 알고 있기 때문이다.

✳

복지부동(伏地不動)이 나쁘다는 것은 누구나 다 알고 있다. 그러나 한국같이 폐쇄적 권위주의와 상명하복식 위계질서에 의해 모든 것이 움직여지는 사회에서는 복지부동하지 않으면 살아남기 어렵다. 다시 말해서 아무것도 안 하고 적당히 눈치만 보는 사람, 개성 없이 적당주의로만 일관하는 사람만이 '성격이 원만한 사람'으로 간주되어 출세가도를 달릴 수 있다.

내가 당한 경우를 예로 들기는 쑥스럽지만, 어쨌든 나는 시대를 앞서간 내용의 책을 너무 많이 썼기 때문에 결국 화를 당할 수밖에 없었다. 현학적 아카데미즘을 방패 삼아 적당히 굴러가는 것을 원칙으로 했더라면 나는 지금쯤 '문단의 원로'나 '학계의 중견'이 되어 있었을 것이다.

✳

이른바 '명문대학 교수' 되기가 어디 그리 쉬운가. 그런데도 나는 '귀머거리 3년, 벙어리 3년'의 처세 원칙을 지키지 못해 부임 초부터 "음담패설로 학생들의 인기를 끈다"는 등 온갖 험담에 시달려야 했고, 『나는 야한 여자가 좋다』라는 책을 내고 나서는 같은 국문학과 동료 교수들의 분노(?) 때문에 한 학기 동안 강의권을 박탈당하는 '징계'를 당하기까지 했다. 또 나중에 『즐거운 사라』를 문제 삼아 나를 감옥까지 몰아간 간행물윤리위원들도 대다수가 교수들이었다. 그리고 2000년 7월에 나를 교수 재임용 심사에서 탈락시키려고 적극적으로 덤빈 것도 연세대 국문학과의 친한 동료 교수들이었다.

✳

질투심에 따른 불행은 부모 자식 간이나 형제간에도 발생한다. 성경에 의하면 인류 최초의 살인은 형 카인이 동생 아벨을 질투심에 못 이겨 죽인 사건이었다. 조선의 영조는 질투심과 의심에 휩싸여 아들 사도세자를 죽였고, 후백제의 견훤은 권력을 쥔 아들을 질투하여 아들을 죽여달라고 부탁하며 고려의 왕건에게 투항했다.

✽

질투심은 무섭다. 질투심이 단지 선망(羨望) 정도로 그친다면 그것은 진취적 의욕을 북돋우는 자극제가 된다. 그러나 그것이 중상모략이나 막연한 가학욕구로까지 이어지면 당사자의 희생은 물론한 사회 전체를 침체의 늪에 빠뜨린다. 아, 우리나라는 질투심이 너무나 당당하게 춤추는 나라다.

✽

그러므로 가까운 친구나 직장 동료들을 늘 조심해야 한다. 외로워서 우정을 나눌 때도 '불가근 불가원(不可近 不可遠)'의 원칙을 고수해야 한다. 더더구나 친구에게 덕을 보려는 마음도 절대로 갖지 말아야 하고, 친구에게 과도한 은혜를 베풀어서도 안 된다. 친구를 도와주면 줄수록 그 친구는 나중에 '은혜'를 '원수'로 갚는다.

✽

따라서 우리는 늘 고독에 익숙해지는 법을 단련해나가야 하고, 고독을 두려워해서는 안 된다. 고독은 언제나 '의타심'에서 생겨난다. 친구나 동료한테서 무언가를 얻으려고 해서는 절대로 안 된다.

✽

우정도 없고 애정도 없다. 있는 것은 오직 약육강식의 무자비한 자연계에서 살아남으려는 사디즘뿐이고, 정신적 사랑이 아닌 육체적 탐욕뿐이다.

✻

우리나라는 집단주의 문화가 팽배해 있는 곳이기 때문에 개인주의적으로 살아가기가 무척 힘들다. 그래도 이를 악물고서 '당당한 개인'으로 살아가보자. 그래야만 행복한 섭세(涉世)를 이루어나갈 수 있다.

✻

'내'가 제일 잘났고 '내'가 제일 아름답다. 긍정적 의미의 나르시시즘을 가꿔나가도록 애써보자.

인생은 놀이다

인생은 놀이다

나는 야한 여자가 좋다

나는 야한 여자가 좋다
꼭 금이나 다이아몬드가 아니더라도
양철로 된 귀걸이, 반지, 팔찌를
주렁주렁 늘어뜨린 여자는 아름답다
화장을 많이 한 여자는 더욱더 아름답다
덕지덕지 바른 한 파운드의 분(粉) 아래서
순수한 얼굴은 보석처럼 빛난다
아무것도 치장하지 않거나 화장기가 없는 여인은
훨씬 덜 순수해 보인다 거짓 같다
감추려 하는 표정이 없이 너무 적나라하게 자신에 넘쳐
나를 압도한다 뻔뻔스런 독재자처럼
적(敵)처럼 속물주의적 애국자처럼
화장한 여인의 얼굴에선 여인의 본능이 빛처럼 흐르고
더 호소적이다 모든 외로운 남성들에게
한층 인간적으로 다가온다 게다가
가끔씩 눈물이 화장 위에 얼룩져 흐를 때

나는 더욱 감상적으로 슬퍼져서 여인이 사랑스럽다

현실적, 현실적으로 되어 나도 화장을 하고 싶다

분으로 덕지덕지 얼굴을 가리고 싶다

귀걸이, 목걸이, 팔찌라도 하여

내 몸을 주렁주렁 감싸 안고 싶다

현실적으로

진짜 현실적으로

16
인생은 놀이다

어찌 보면 인생은 놀이나 스포츠, 게임과도 같은 것이다. 등산을 하는 사람은 암벽등반까지 해가며 일부러 갖가지 고비와 위험을 스릴 있는 쾌감으로 즐긴다. 그런데도 우리는 긴 인생항로에 있어 위기나 시련에 부딪쳤을 때 그것을 '재미있는 난코스'나 '극복 가능성을 전제로 한 게임'으로 받아들이지 못하고, 금세 절망하거나 운명 또는 신(神)의 뜻으로 받아들여 체념하고 만다. 그럴 경우 '비명횡사(非命橫死)'가 일어나고 게임은 중단되게 된다. 그러므로 우리가 섭세(涉世)의 승리자가 되기 위해서는 인내나 절제보다 오히려 '놀이정신'이 더 중요한 것이다.

✳

기득권 지배세력은 언제나 민중들에게 '놀이'의 부도덕성을 강조하고 '일'의 소중함만을 주입시키려 한다. 게으르면 불행해진다는

'근면 제일주의' 심리가 인생을 놀이로서 즐기는 심리보다 지배와 수탈에 한결 더 이롭기 때문이다.

✱

요컨대 '창조적 인간'이 되는 것만이 고통스런 삶에서 벗어나는 길이고, '창조적 인간'은 '놀이하는 인간'과 다르지 않다. 또한 창조적 놀이꾼이 많은 사회일수록 발전의 속도가 빨라진다. 노동집약적 산업보다는 기술집약적 산업이 낫고, 기술집약적 산업만큼이나 중요한 것이 바로 '창조력에 바탕하는 산업'이기 때문이다. 이를테면 싸구려 옷을 덤핑으로 수출하는 것보다는 디자인을 개발하여 고급품을 수출하는 것이 나은 것이다.

✱

'창조적 인간'에 반대되는 것은 '모방적 인간'인데, 모방적 인간은 곧 수구적이고 체제순응적인 인간이요 몰개성적인 인간이다. 모방적 인간이 많을수록 사회는 정체되어 자포자기적 체념론과 자기비하적 열등감의 늪에 빠지게 된다. 말하자면 "한국 놈은 별 수 없다. 그저 눌러야 된다" 식의 사고방식이 판을 치게 된다는 얘기다.

✱

지금까지 여러 심리학자들이 연구한 것을 종합해보면, '창조적 인간'이란 어린아이처럼 솔직하고 단순하여(즉, 야하여) 세상 물정을 잘 모르며 질투심이 적은 인간이다. 또한 상상력이 풍부해서 공상에 빠지는 것을 즐기고, 성적(性的)으로도 다형도착적(多型倒錯的)인 면을 보이기 때문에 생식적 성(또는 성기적 성)에는 무관심한 경우가 많다.

＊

여기서 가장 중요한 것은 역시 '어린아이 같은 순진함'과 '다형도
착적 성(性) 취향'이라고 할 수 있다. 이 두 가지 요소는 서로 깊은
관련을 맺고 있는데, 어린아이야말로 온갖 비생식적 성욕(즉, 도착
성욕)의 집합체이기 때문이다. '다형도착'이란 성기 하나만으로 성
적 쾌감을 구하지 않고 온몸을 통한 '놀이로서의 섹스'를 추구하여,
전신적 쾌감을 구하는 것을 가리킨다.

＊

다형도착은 여러 가지 비생식적(非生殖的) 성욕, 즉 자기애, 구강
성욕, 사디즘, 마조히즘, 동성애, 페티시즘 등이 한데 얽혀 총체적
성감을 형성하고 있는 것을 말하는데, 창조적 인간이 예외 없이 다
형도착적 성격을 가지고 있다는 이론은 우리에게 중요한 사실을 가
르쳐주고 있다. 즉, 한국의 덜떨어진 문화인들이 건성으로 강조해
대는 '자식 생산만을 위한 성(性)'이야말로, 창조적 인간을 길러내
는 데 결정적 악영향을 미치고 있다는 사실 말이다.

＊

일찍이 허버트 마르쿠제도 '성기독재(性器獨裁, genital tyranny)'
야말로 인간의 창조성을 박탈하는 주범이라고 규정한 바 있다. 그
는 성기에 집중된 성욕을 다시금 전신(全身)으로 되돌려놓아야 한
다고 주장했는데, 이는 적절한 지적이 아닐 수 없다.

국가 권력이 생겨나면서부터 지배계급은 민중들의 육체를 놀이가 아닌 노동의 도구로만 이용하기 위해 성도덕을 핑계로 성욕을 육체의 한 부분, 즉 성기에만 집중시키도록 강제하였다. 그리고 자기네들은 온갖 전신적(全身的) 성희를 즐기면서 놀았다. 그런데 민중들의 의식이 깨어나고 원시적 노동의 필요성이 줄어들고 있는 현대에 이르러서는, 이렇게 오랜 세월에 걸쳐 습관화된 성기독재적 성 패턴이 오히려 인간의 창조력을 위축시켜 문명을 퇴보시키고 있다. 전신이 원래대로 성기 또는 성감대가 될 수 있을 때, 인류는 노동력의 절감에 의해서 생긴 잉여 에너지를 전쟁이나 범죄 따위의 파괴적인 일에 소모해버리지 않고 오직 창조적 놀이에만 쏟아부을 수 있는 것이다.

*

'창조적 인간' 또는 '창조적 놀이꾼'이란 꼭 문학인이나 예술가만을 가리키는 말은 아니다. 어떤 종류의 일에 있어서도 창조적 인간이 더 많이 필요해진 것이 선진사회를 향해 달려나가는 우리나라의 현 실정이라고 볼 때, 폐쇄적이고 전체주의적인 봉건윤리에 의한 놀이욕구의 억압과 성욕의 억압을 한시바삐 경감시켜줘야 한다. 그래야만 범국민적 울화에 의한 파괴적 기(氣) 때문에 야기되는 범죄 및 대형사고에 따른 비명횡사를 막을 수 있고, 나아가 국민 모두가 신명나게 창조적 일에 몰두할 수 있어 국가 발전의 기틀이 튼튼해진다.

✻

지금부터라도 몰개성적인 교육제도와 폐쇄적 억압의 논리에 바탕하고 있는 문화정책을 과감히 바꿔나가야 한다. 아울러 관념지향의 '상수도(上水道) 문화'에 브레이크를 걸 수 있는 관능지향의 '하수도(下水道) 문화'와 놀이문화를 적극 개발하고, 국민 대다수를 우중(愚衆)으로 보아 '시기상조'만을 외쳐대는 정치, 문화, 법조계의 엘리트 독재주의자들을 과감히 각성시킬 필요가 있다. 이제부터는 '수구적 봉건윤리와의 싸움'이 새로운 사회운동으로 시작돼야 한다.

✻

인생은 한판 놀이요, 한판 게임이다. 예를 들자면 등산이나 장애물 경주와 같은 것이다. 중간중간에 나타나는 장애물에 속아 넘어가거나 굴복해서는 안 된다. 그러한 장애물들은 신(神)이 내려보낸 '시험'도 아니고 의미 있는 삶을 위한 수련과정도 아니다. 그것은 단지 그저 '놀이'일 뿐이다. 지금까지 당연시된 종교적 결정론은, 오직 민중을 권력에 순응하는 연약한 인간으로 만들려는 기득권자들의 심리적 전술에 불과했다.

✻

우리가 어린아이 같은 마음과 감성으로 '야한 광기(狂氣)'를 불태울 수 있을 때, 우리는 갖가지 인생의 굴곡과 풍파들을 '권태를 방지해주는 놀이'로서 느긋하게 즐길 수 있다. 생(生)에 권태를 느끼고 그것이 절망으로까지 이어진다면 우리는 게임 중간에 좌초하고 만다.

＊

그러면 이중적 도덕주의와 율법주의를 무기로 자신들의 어른스러움을 자랑하는, 마치 예수를 죽인 바리새인들 같은 뻔뻔스런 속물들만이 지배 엘리트로 살아남아 이 땅을 위선과 교활함, 그리고 가학으로 가득 찬 지옥으로 만들어버린다. 그러므로 우리는 당당한 '놀이정신'으로 그들을 단연코 무찔러버려야만 한다.

＊

행복한 인생은 인내와 절제에 있는 게 아니라 관능적 열정과 순진한 떼쓰기에 있다. 왜냐하면 운명은 야(野)하기 때문이다. 운명은 솔직하기 때문이다. 운명은 우리의 육체적 본성이 갖고 있는 솔직한 욕구에 따라 정직한 기계처럼 움직인다.

＊

그러므로 어린아이처럼 되는 것, 당당하게 야한 것처럼 좋은 인생개척법은 없다. '육체적 메커니즘의 일부로서의 정신'이라면 혹 모르되, '육체와 대립되는 형이상학적 존재로서의 정신'에만 가치를 두고 살아갈 때 운명은 반드시 심술을 부린다. 운명은 이중적 사고를 싫어하기 때문이다. 거듭 말한다. 운명은 야하다.

＊

우리는 세상을 살아가면서, 지독하게 청교도적으로 '인색한 삶'을 살아가는 이들을 볼 수가 있다 그렇게 살지 말고, 또 자식에게 유산도 물려주지 말고, 번 돈을 몽땅 '놀이'에 쏟아부으며 살아가야 한다. '놀이' 가운데 제일 으뜸은 역시 '섹스'이고, 그 다음이 술과 취미생활이다.

✳

인간은 '생각하는 동물'이기 이전에 '놀이하는 동물'이다. 네덜란드의 문화이론가 호이징하는 『호모 루덴스』라는 책에서, 인간의 문화 자체가 놀이의 성격을 갖고 있다고 주장하였다. 그리고 문화가 현대에 가까워질수록 놀이의 성격에서 벗어나 관념, 도덕, 이데올로기, 규범 등으로 변질되어가고 있음을 개탄하고 있다.

✳

'놀이하는 인간'의 관점에서 바라보면 전쟁조차도 놀이가 된다. '원시적인 순수성을 지니고 있는 놀이'는 아이들의 유희를 통해 발견되는데, 아이들이 전쟁놀이를 즐기는 것만 보더라도 전쟁이 원초적으로는 놀이에 가까운 것이었음을 알 수 있다. 그래서 그런지 고대로 올라갈수록 전쟁이 마치 아이들의 전쟁놀이처럼 '상대방에게 최소한의 피해를 입히는 놀이'였다는 사실을 발견하게 된다.

✳

예컨대 고대 중국의 전쟁은 대장들끼리 벌이는 승부 게임이었고 졸병들은 그저 응원부대 역할만을 했다. 『삼국지』만 보더라도 성곽 밖의 공간에서 벌이는 대장 대 대장 간의 일대일의 결투로 승부를 종결짓는 일이 흔하다. 졸병들은 욕설과 함성으로 적장을 흥분시켜 결투를 유도하거나 대장을 응원한다. 대장은 전장(戰場)에서 멀찌감치 떨어져 작전 지시만 내리고 졸병들끼리 백병전을 벌이거나,

비전투원까지 동원하여 전면전을 치르게 하는 잔인한 전쟁방식은 훨씬 뒤에 가서야 서양에서 생겨났다.

＊

제갈공명은 화공법(火攻法)을 써서 적군을 몽땅 섬멸해버리곤 했는데, 그런 전쟁방식은 사실 놀이의 규칙을 어긴 치사한 방식이었다. 그래서 『삼국지』에서는 제갈공명이 화공법으로 너무나 많은 인명을 살상했기 때문에, 그 죗값으로 수명이 줄어들어 일찍 병사(病死)해버렸다고 설명하고 있다.

＊

인류는 중세기까지는 비록 종교적 억압은 심했을망정 그런대로 '놀이적인 문화'를 유지했다. 그런데 근대 이후로 이념이 과잉하게 되어 놀이적인 문화는 평가절하받게 되고 관념적인 문화만 대접받게 되었다. 이를테면 문학의 경우 재미있는 것보다는 무언가 고상하게 관념적인 주제가 내포돼 있는 것만이 '잘 쓴 작품' 취급을 받게 되었다. 그리고 '가벼움'보다는 '무거움'이, '솔직성'보다는 '교훈성'이 문학의 본령(本領)인 것처럼 간주되게 되었다.

＊

인간은 기본적으로 동물과 같지만, 경작과 목축을 통해 잉여 에너지를 확보하게 됨에 따라 '단순한 놀이'를 '창조적 놀이'로 발전시켜나가게 되었다. 그래서 문화가 생겨나고 예술이 생겨나게 된 것이다.

✳

그런데 아무리 창조적인 놀이라 할지라도 그 근본 원동력으로 작용하는 것은 역시 '심심함을 달래기 위한 놀이욕구'라고 할 수 있다. 그러므로 소설의 경우 '재미있는 거짓말'의 성격을 벗어나기 어렵고, '관념적 주제'는 부차적 포장술의 역할만 하게 되는 것이다. 이것은 미술이나 음악 등 다른 예술 장르 역시 마찬가지다. 이런 '관념적 포장술'이 예술의 본질인 것처럼 인식되는 상황에서는 창조적 놀이로서의 예술이 개발되기 어렵고, 나아가 문화산업도 결국 위축되게 된다.

✳

근대 이후의 지식인들은 '고상한 놀이'와 '저급한 놀이'를 구별하여 '저급한 놀이'를 '문화적 타락'으로 규정짓기 시작했다. 관념과 이데올로기가 문화의 본질처럼 인식되게 됐기 때문이다. 그래서 서구의 경우 아리스토텔레스가 예술의 궁극적 효용으로 내세운 '카타르시스'를 '도덕적 정화(淨化)'의 의미로 해석하게 되었고, 카타르시스의 원래 의미인 '억압된 본능의 대리배설'은 '저급한 효용'의 뜻으로 폄하되게 되었다.

✳

고대 시절에는 동양이든 서양이든 종교와 예술이 혼연일체가 되어 있었고 그것은 다 '놀이'의 일부였다. 서구의 예술이 디오니소스제(祭)에서 출발했다고 본다면, 디오니소스제는 '열광적 황홀(恍惚)'을 유도하기 위한 광란의 축제요 난장(亂場)이었지 경건한 제의(祭儀)는 아니었던 것이다.

*

　동양의 경우도 그것은 마찬가지여서, 종교적 제의는 모두 '축제적 놀이'의 형태를 띠고 있었다. 우리나라의 경우에도 삼국시대나 고려시대의 제의는 신나는 놀이였지 '경건한 예배'는 아니었다. 그래서 조선의 사대부들이 남녀상열지사(男女相悅之詞)라고 하여 평가절하했던 「쌍화점(雙花店)」 같은 고려가요는 궁중에서도 당연히 연주되었던 것이다. 중국의 경우, 대성(大聖)으로 모셔지는 공자가 편찬한 『시경(詩經)』이 거의 모두 남녀 간의 애정을 노래한 시가로 이루어진 것은 그 때문이라고 할 수 있다.

　그러므로 '놀이중심'의 삶을 살아가는 사람들은 행복한 섭세(涉世)에 성공했다고 할 수 있다.

涉世論

소설로 읽어보는 삶의 비극성

사랑의 얄궂음

한 여자가 울고 있네
저 여자는 떠나간 사랑을 울고 있는 것일까

한 남자가 웃고 있네
저 남자는 즐거운 고독을 웃고 있는 것일까

한 여자가 죽어가고 있네
저 여자는 고독에 지쳐 죽어가고 있는 것일까

한 남자가 달려가고 있네
저 남자는 옛사랑을 못 잊어 달려가고 있는 것일까

17
소설로 읽어보는 삶의 비극성

　내 친구 X는 신기하게도 전생의 일을 5대(代) 전까지 잘 기억하고 있었다. 그는 지금 고급 공무원으로 있는데, 전생의 기억 때문인지 언제나 우울한 얼굴을 하고 있었고 생(生)에 대해 별 애착이 없는 것 같아 보였다. 그는 고등학교나 대학교 때 공부를 잘하여(법대생이었다) 누구나 사법고시에 응시할 줄로 알았다. 그런데도 그는 사법고시가 아니라 행정고시에 응시하여 지금까지 행정관리로 지내오고 있는 것이었다.

　나는 소설 『즐거운 사라』로 인해서 필화사건을 겪은 후 판사의 위력이 얼마나 대단한 것인지를 비로소 실감하게 되었고, 아무리 큰 잘못을 저질러도(즉, 오판[誤判]을 하더라도) 절대로 책임을 지거나 문책을 당하지 않는 유일한 직업이 법관이라는 사실을 알게 되었다. 그래서 X가 법관을 지망하지 않았다는 것이 정말로 신기하

게 생각되었다. 그래서 어느 날 나는 그에게 이유를 물어보았다. 그
랬더니 그는 무심중에,

"말도 말게, 염라대왕의 재판 생각만 해도 치가 떨린다네."
라고 말하며 비로소 자기가 전생의 일을 기억하고 있노라고 실토하
는 것이었다.

그러고 나서 그는,

"자넨 효봉(曉峰) 스님에 대해서 알고 있나? 그분은 금세기 우리
나라 최고의 고승이셨네. 그 양반이 판사를 하다가 가정, 명예 홀홀
다 털어버리고 출가한 이유가 뭔지 아나? 오판에 대한 회한(悔恨)
때문이었어. 어떤 살인범에게 사형언도를 했는데 사형집행을 하고
난 뒤에 진범이 붙잡힌 거야. 그래서 머리 깎고 중이 되신 거지….
사람의 운명을 직접적으로 좌지우지하는 직업은 의사하고 판사야.
의사가 잘못 치료를 하면 사람을 죽이거나 병신이 되게 하지. 그건
판사도 마찬가지여서 꼭 사형까지 안 가더라도 판사의 말 한마디에
따라 옥살이를 몇 년 더하게도 되고 덜하게도 된다네. 한 사람의 명
예를 실추시키는 일도 많고. 그런데 판사는 거기에 대해 전혀 책임
을 안 지는 거야. 의사는 하다못해 손해배상 소송이라도 당하는데
말일세. 오판이었다는 게 알려져 양심상 괴롭네 어쩌네 해도 결국
옷 벗고 변호사가 되면 그만이거든. 그런 찝찝한 직업을 내가 왜 택
하겠나?"
하고 말하며 자기가 전생에서 겪은 일을 찬찬히 얘기해주었다.

X의 기억으로 그가 처음 태어나서 가진 직업은 평범한 장사꾼이

었다. 하지만 장사를 하다 보니 아무래도 이문을 좀 더 남기려고 아등대는 일이 많았는데, 여든 살이 되어 이승을 하직하자 염라대왕은 그가 저지른 사소한 과오들을 마구 질책해대는 것이었다. 마침 그의 곁에는 당대의 재벌 총수가 같은 시기에 죽어 함께 재판을 받고 있었다. 그런데 염라대왕은 이상하게도 그 재벌에겐 아주 친절한 태도를 보이는 것이었다. X는 그 작자가 저지른 큼직한 부정들을 익히 알고 있는지라 내심 불쾌한 기분이 들었다. 그리고 이승이나 저승이나 별로 다를 게 없다는 사실에 가슴 미어지는 통분(痛憤)을 느꼈다.

염라대왕은 그 재벌 회장에게 친절을 과시하기 위해서인지 차를 대접해주었는데, 마지못해 X에게도 함께 차를 마시게 했다. 그런데 가만히 엿보니 재벌의 차는 맑고 향기로운 상품(上品)인 데 비해 자기 것은 탁주처럼 흐린 하품(下品)이었다. 그래서 X는 왈칵 분을 못 이겨 차를 쏟아버렸다. 그랬더니 염라대왕은 미칠 듯이 화를 내어 옆에 있던 귀졸(鬼卒)을 시켜 X의 생전의 비행(非行)을 기록한 것을 가져오게 했다. 별 큰 죄가 없었는데도 불구하고 염라대왕은 크게 노한 체하며 귀졸들로 하여금 X를 끌어내리게 했다. 그러고 나서 곧바로 판결을 내렸는데, X를 당장 말로 만들어버리라는 것이었다.

곧바로 그는 사나운 귀졸에게 묶이어 어느 대갓집으로 끌려갔다. 귀졸이 발길로 뻥 차 엎어지고 나서 보니, 어느새 자신이 마구간에 있다는 것을 알게 되었다. 그러자 곧,

"그만하면 순산이야, 수놈이군."

하는 소리가 들렸다. 마음은 여전히 인간의 심성을 갖고 있는데도

불구하고 말을 할 수가 없었다. 입을 벌려봤자 히히힝 말 울음소리가 나올 뿐이었다. 매우 시장기가 들어 할 수 없이 어미 말에게 달려들어 꾸역꾸역 젖을 빨아먹었다.

이렇게 4, 5년이 지나니 몸은 제법 장대(長大)하여졌으나 얻어맞는 것이 두려워 견딜 수가 없었고, 하루하루가 그저 고통스러울 뿐이었다. 재갈이 채워진 입은 언제나 헌데가 나서 부스럼 딱지투성이였고, 목덜미와 엉덩이는 채찍 자국으로 성할 날이 없었다. 그렇게 사는 것이 분하고 원통하여 그는 단식으로 버티다가 마침내 죽어버리고 말았다.

명부(冥府)에 이르니 염라대왕은 벌의 기간을 미처 채우지 않고 돌아온 것을 알고서, 고의로 벌을 피하려 한 죄를 매섭게 꾸짖었다. 그러고는 이번엔 암캐로 만들었다. X가 분기탱천하여 대들자 귀졸들이 달려들어 무섭게 매질을 하였다. 기절한 뒤 한참 만에 정신을 차려보니 어미 개가 자기를 혓바닥으로 핥아주고 있었다.

차차 자라나면서 몸집이 제법 커졌다. 똥을 보면 더럽다는 생각이 들면서도 냄새는 신기하게도 향기롭게 느껴졌다. 하지만 이를 악물고 결심하여 아무리 배가 고파도 똥만은 먹지 않았다. 개가 된 지 몇 해가 지났으나 항상 분한 마음을 참을 수 없었고, 오로지 죽어버리고 싶을 뿐이었다. 하지만 전생의 일을 생각해보니 또 자살을 시도한다 하더라도 고의로 형벌을 피하는 것이 되어 더 고생할 게 뻔했다. 그래서 이 궁리 저 궁리 머리를 굴려보다가 드디어 묘책을 하나 떠올렸다. 다름 아니라 주인을 계속 게걸스레 물어뜯어 괴롭히는 일이었다. 몇 차례 그 짓을 했더니 주인은 드디어 크게 화를 내어, 그를 몽둥이로 때려죽여 보신탕을 해먹었다.

다시 염라대왕 앞에 끌려오자 염라대왕은 그의 미치광이 짓에 노하여 이번에는 그를 플라타너스 가로수로 만들었다. 그는 자기를 나무로 다시 태어나게 한 것이 약간 의외였는데, 나무는 한껏 평화로운 안식과 무념무상(無念無想)의 한가로움을 즐길 수 있는 존재처럼 생각됐기 때문이었다. 그런데 나무로 태어나서 제법 굵게 자라고 보니 전연 그게 아니었다. 바로 '가로수'로 살아가는 것이 형벌이었던 것이다. 해마다 가지치기를 당하는 것이 가장 큰 고통이었고, 이 사람 저 사람 달려들어 심심풀이로 껍질을 벗겨대거나 발길로 뻥뻥 차대는 것이 못내 괴로웠다.

특히 가지치기는 마취주사도 놓지 않고 팔다리를 절단하는 것과 마찬가지여서, 소리도 나지 않는 울음으로 울부짖어대다가 기절하게 되는 게 예사였다. 무식한 막일꾼들이 해마다 건성건성 아무렇게나 가지치기를 해대다 보니, 그의 몸뚱어리는 만신창이가 되어 목숨이 붙어 있다는 사실이 기적처럼 느껴질 정도였다. 그래서 그는 죽어봤자 별수 없다는 것을 빤히 알면서도, 한 가지로 뜻을 세워 뿌리로 수분을 흡수하지 않고 버티다가 결국 말라죽고 말았다.

염라대왕의 이번 판결은 다시 사람, 그중에서도 남자로 태어나는 것이었다. 사람으로 태어나게 했다는 것이 의심이 가 그는 다시 태어나더라도 몸가짐을 조심하겠다고 결심했다. 이번에 그가 다시 태어난 집안은 너무너무 가난한 집이었다. 그래서 그는 제대로 학교도 못 다니고 어려서부터 막노동을 해야만 했다. 게다가 부모까지 일찍 죽어 떠돌이 고아 신세가 돼버렸다.

고아로 이리저리 떠돌다 보니 아무래도 나쁜 패거리에 끼게 되었고, 결국 자포자기 상태가 되어 도둑질도 하고 소매치기도 했다. 처음 경찰에 잡혔을 때 그는 1년 징역형을 받았고, 두 번째 경찰에 잡혔을 땐 3년 징역형을 받았다. 그때까지만 해도 그는 징역생활을 잘 참아 넘겼다. 그런데 감옥살이에서 풀려나와 제법 성실하게 살아가려고 벼르다가 이번에는 재수 없고 억울하게 엉뚱한 살인범으로 몰리게 되었다.

그와 몇 번 만나 정을 통했던 길거리의 여자가 강도를 만나 강간을 당한 뒤 살해됐는데, 전과자라는 이유 때문에 경찰의 추적조사에 걸려들어 범인으로 찍혀버린 것이었다. 아무리 무죄를 호소해도 검사나 재판장은 들은 체도 하지 않았다. 그는 무기징역을 언도받았고, 5년까지는 그런대로 참고 참으며 옥살이를 했다. 하지만 도저히 울분을 참을 길이 없어 에라 모르겠다 하고 창틀에 목을 매어 자살해버렸다.

염라대왕은 이번에도 용서해주지를 않아, 그는 다시 뱀으로 태어나게 되었다. 그는 이번만은 오기가 나서 억지로라도 선행을 해보기로 결심했다. 그래서 일체 육식을 하지 않고 풀이나 나무열매만을 먹고 버텼고, 섹스도 안 했다. 그렇게 하며 몇 년을 지내다 보니 도무지 사는 재미가 없고 삶 자체가 허무할 뿐이었다. 곰곰이 생각해보니 골백번 자살을 해도 안 되는 일이요, 그렇다고 지난번 개로 태어났을 때처럼 사람을 해치고 죽어서도 안 되는 일이었다. 그래서 그는 어떻게 하면 그럴듯한 명분을 갖고서 죽을 수 있을까 고민에 고민을 거듭했다.

그러면서 하루하루를 하염없이 때워나가고 있을 때, 어느 날 문득 그가 웅크려 있는 풀밭 옆길로 자동차가 지나가는 소리가 들렸다. 그는 뭔가 머릿속에 전광석화처럼 스쳐지나가는 생각이 있어 급히 한길로 나왔다. 그러자 달려오는 자동차 바퀴에 깔려 몸뚱어리가 두 동강 나고 말았다.

다시 명부(冥府)에 도착했다. 염라대왕의 얼굴을 보니 뱀으로서의 일생을 일단 청산했다는 기쁨보다 왠지 모를 공포부터 느껴졌다. 염라대왕은 그가 생각보다 빨리 돌아온 것을 의아해하며 옆의 귀졸 조사관에게 진상을 조사해 낱낱이 보고하라고 지시했다. 잠시 후 조사관이 와서 염라대왕에게 보고를 했는데, 보고의 내용은 이러했다.

"자살로 차에 치여 죽은 것인지, 사고로 차에 치여 죽은 것인지 원인불명(原因不明)임."

보고 내용을 듣자 염라대왕은 고개를 갸우뚱거리며 그를 심문하기 시작했다. 그가 우물쭈물하며 대답을 미루자 고문이 시작됐는데, 이승세계에서의 고문은 저리 가라였다. 펄펄 끓는 똥물에 튀기기도 하고 바늘방석에 눕혀 몸뚱어리 전체에 수천 개의 구멍이 나게도 했다. 그런데도 목숨은 끊어지질 않으니 그 고통은 도무지 필설(筆舌)로 표현할 수 없을 정도였다. 하지만 X는 이를 악물고 버텨

결국 자살을 기도한 셈이라고 자백하지를 않았다. 염라대왕은 체념했는지 심문을 그만두었다. 그리고 그가 죄 없이 죽음을 당한 것이라 하여 용서해주고, 죄업(罪業)이 다 찼다며 또다시 인간으로 만들었다. 이것이 곧 지금의 X였다.

X는 어려서부터 신동이란 소리를 들었고, 학교서도 줄곧 일등이었다. 그런데도 그가 지금보다 더 크게 출세하지 못하고 있는 것은 역시 그의 강직한 성품 때문이라고 볼 수 있다. 그리고 보니 그는 말이나 개, 그리고 뱀을 보기 싫어했고 경찰서나 검찰청 곁을 지나가는 것도 꺼렸다. 또 집에는 정원수는 물론 화분 하나 없었다. 보신탕을 안 먹는 것은 물론 보신탕을 좋아하는 친구조차 멀리했고, 누가 화분이나 꽃바구니를 들고 찾아오면 얼굴 근육이 굳어졌다. 그가 전생의 기억을 털어놓은 후, 나는 문득 생각이 나 이렇게 물어보았다.

"자넨 왜 개를 그토록 싫어하지? 개로 태어나 지겹게 고생했다면 개를 한 마리 귀엽게 호강시켜 길러봄직도 한 일 아닌가?"

그러자 그는 고개를 설레설레 저으며 이렇게 대답하는 것이었다.

"그건 자네가 모르고 하는 소릴세. 나는 개가 귀엽게 보이기는커녕 전생의 일이 상기되어 우선 소름부터 끼친다네."

"딴은 납득이 가는 말이야. 그런데 궁금한 게 있네. 자넨 왜 하필이면 전생의 일을 기억하도록 태어났을까?"

"아마 염라대왕의 심술 때문이겠지. 나를 웬만큼 살게 해준 게 왠지 찜찜했던 모양이야. 그래서 전생의 괴로웠던 기억들을 꼬리표로

붙여준 것 같네."

"그래 이번엔 자살을 시도해보지 않을 셈인가?"

X가 한 얘기들이 믿어지지 않아 내가 농담처럼 물어보았다.

"죽어도 죽어지지 않는 게 인생인데, 내가 어찌 또 자살을 시도하
겠나. 그저 꾹 참고 자식이나 안 낳아가지고 이 세상에 보시(布施)
해볼 생각일세."

시니컬한 미소를 머금으며 X가 한 말이었다.

涉世論

성적(性的) 취향의 다양성을 인정하자

그래도 내게는 소중했던

그 초라한 카페에서의 커피
그 허름한 디스코텍에서의 춤
그 싸구려 여관에서의 섹스

시들하게 나누었던 우리의 키스
어설프게 어기적거리기만 했던 우리의 춤
시큰둥하게 주고받던 우리의 섹스

기쁘지도 않으면서 마주했던 우리의 만남
울지도 않으면서 헤어졌던 우리의 이별
죽지도 못하면서 시도했던 우리의 정사(情死)

18
성적(性的) 취향의 다양성을 인정하자

성격심리학에는 성관과 결혼관을 뭉뚱그려 인간을 두 부류로 나누는 학설이 있다. 여자로 치면 하나는 '어머니형'이요, 다른 하나는 '요부형'이다. 남자의 경우엔 '아버지형'과 '바람둥이형'으로 나눌 수 있을 것이다. 전자는 결혼을 통한 가정생활에서 만족을 느끼고 성적 쾌감의 충족보다는 자식 기르는 일에 더욱 큰 성의를 보이는 타입을 말하고, 후자는 결혼을 속박으로 여겨 연애에 탐닉하고 자식에 대한 애정보다는 자기 자신에 대한 애정이 더 큰 타입을 가리킨다.

나는 이 두 타입 이외에 여자의 경우 한 가지 타입을 더 추가할 수 있다고 보는데, 자식에 대한 극진한 모성애를 갖고 있으면서도 남편을 보살피는 일이나 한 남편만을 고정적인 성적 대상으로 삼는 일엔 염증을 내는 '당당한 미혼모형'이 그것이다. 남자의 경우엔 이

런 형이 없다고 보는데, 그 까닭은 원래 동물계의 경우 수컷은 사정
(射精)의 목적을 이루고 나면 곧 짝에게서 도망가 새로운 짝을 구하
는 것이 보통으로 되어 있기 때문이다.

✳

유럽의 경우엔 '당당한 미혼모형'이 점점 더 늘어나 사회적으로
멸시받는 일 없이 떳떳하게 살아가고 있다. 자식 역시 사생아로 천
대받지 않고 당당하게 행복을 추구해갈 수 있다.

우리나라는 아직도 '사생아'라는 딱지가 붙는 것을 아주 꺼리고
또 피임교육도 제대로 이루어지지 않아, 혼전에 아이를 가지면 낙
태시켜버리거나 낳고서 버리는 일이 빈번하게 벌어지고 있다. 모든
여성은 당연히 모성애를 갖고 있어야 하고 결혼을 통해서 낳은 아
기만이 축복을 받을 수 있다는 편견이 지배하고 있기 때문이다. 성
적인 편견이 한 인간의 운명을 출생 이전부터 지배하고 있는 셈이
다.

✳

결혼관이나 자녀관과 마찬가지로, 각자의 성적 취향 역시 여러
가지 타입으로 간략하게 분류될 수 있을 것이다. 프로이트의 주장
대로 어렸을 때 구강적 대리쾌감을 충분히 맛보지 못한 사람만이
성인이 된 뒤에까지 오럴 섹스에 집착하는 것은 아니다. 프로이트
는 너무나 결정론에 기울어 있었고, 따라서 인류의 미래에 대해서
도 비관주의적 입장을 고수했다. 그는 도덕과 본능 간의 투쟁에 따
른 비극만 생각했지 양자 상호간의 화합은 생각하지 못했다.

하지만 나는 엄격한 도덕적 초자아(超自我) 역시 개방적 변모를 할 수 있다고 믿는다. 따라서 어렸을 때 젖을 실컷 빨아먹지 못한 사람이라 할지라도, 어른이 되어 죄의식 없이 당당하게 오럴 섹스를 수용하기만 하면, 성적(性的) 콤플렉스에서 벗어나 새롭게 인생을 창조할 수 있다고 보는 것이다. 어디까지나 현재가 중요하지 과거는 별 의미를 갖지 못한다.

✳

우리가 다양한 성적 취향을 인정할 경우, 다음과 같은 타입들을 가정해볼 수 있다.

첫째, 생식적 삽입성교형. 이는 남녀 공히 정력이 웬만하고 나이도 젊어 언제 어느 때라도 자신 있게 성적 교섭에 임할 수 있는 사람을 가리킨다. 가장 원초적인 것이고, 특히 윤리적으로 경직된 사회에서는 겉으로는 누구나 모범적이고 정상적인 성희 형태로 지향하고 있는 것이다.

그러나 선진국으로 갈수록 이런 타입의 인간이 차츰 줄어들고 있다. 복잡화된 현대문명이 주는 스트레스 때문이기도 하다. 이를테면 여자 쪽에서 나중에 태도를 바꿔 성폭행이라든지 혼인빙자간음(꽃뱀들이 자주 써먹는) 같은 것으로 공격해올까 봐 지레 겁을 먹는 것이다.

최근에 브뤼셀에서 열린 환경학 국제회의에서는, 남성의 정자가 계속 줄고 있고 남녀 성별의 특성이 사라져 인류의 번식기능이 심각한 위기를 맞고 있다고 결론 내린 바 있다. 지난 40년 동안 남성의 평균 정자수는 40퍼센트나 감소했으며, 특히 최근 10년간 연평

균 감소율이 2.6퍼센트에 달한다는 것이다. 환경학자들은 화학물질의 남용 때문이라고 주장했는데, 의학자들이 낸 다른 리포트에 의하면 문명화에 따른 스트레스 증가 때문일 수도 있고, 인구증가에 대한 공포 때문이라고도 분석되었다.

그러나 여장 남성(속칭 쉬메일)과 남성 동성애자들이 점차 늘어나고 있는 최근의 현상을 놓고 볼 때, 아무래도 과도한 성규범과 여권(女權)의 신장이 남성들을 움츠러들게 만든 것이 가장 큰 심리적 요인으로 작용하고 있다고 본다. 한편 여자 쪽에서 임신에 대한 부담감 때문에 직접적인 삽입성교를 기피하는 일면도 있다.

❋

둘째, 구강성희형(口腔性戱型). 오럴 섹스는 이젠 정말 변태성욕이 아니다. 그래서 구강성희형이 많아지는 경향이 두드러지게 나타나고 있다. 1948년 「킨제이보고서」가 나왔을 때까지만 해도 미국에서 오럴 섹스를 하는 비율은 30퍼센트에 지나지 않았다. 그러나 최근에 이르러 오럴 섹스는 에로티시즘 소설이나 영화에서 가장 기본적인 성희 형태로 등장할 정도로 보편화되었다. 구강성희는 그것 자체로 오르가슴을 느껴 끝나버리는 경우와, 삽입성교 이전에 전희(前戱) 형태로 이용되는 경우 두 가지가 있다.

그런데 남녀 공히 임신에 대한 부담감이 커지고 성 정보의 활성화와 평균수명의 증가에 따라 성희 가능 연령이 연장되게 되어, 나이를 먹은 사람들에게 있어서는 구강성희 자체로 오르가슴을 충족하는 경향이 점차 많아지고 있다. 이것은 젊은이로서 감수성이 강한 사람에게도 똑같이 해당되는 사항이다. 문명이 선진화되어갈수록 정신노동자가 많아져 원시적이고 동물적인 정력을 가진 사람들이 점차 줄어들고 있기 때문이다.

나는 성윤리적 과도기에 처해 있는 한국에서는 혼전의 성애(性愛) 형태로 구강성희가 가장 무난하다고 본다. 그리고 결혼 이후라도 구강성희를 자유롭게 즐길 수만 있다면, 우리나라 부부들이 흔히 갖고 있는 성적 권태증이나 강박증(특히 남성을 옭죄는 정력 부족에 대한 공포)은 한결 감소될 수 있다고 본다.

✻

셋째, 관음형(觀淫型). 관음증은 정신의학 용어로 'voyeurism'이라고 하는 것으로서, 이성의 나체나 선정적인 모습 또는 다른 커플의 성희 장면을 훔쳐보면서 성적 만족을 얻는 심리를 가리킨다.

사회가 폐쇄적이던 시절엔 관음증적 충족을 위해 여기저기를 기웃거리는 사람은 영락없는 변태로 낙인찍힐 수밖에 없었다. 그러나 개방적 사회가 되어 여성들이나 남성들이 대담한 노출 복장으로 버젓이 걸어다니고, 성적 표현물들이 연극, 영화, 사진 등 예술작품은 물론 광고에 이르기까지 자연스레 범람하게 되어, 이제는 누구나 다 자연스런 관음자(觀淫者)가 되어버리는 상황이 되었다.

그러므로 관음형의 성적 취향을 지닌 사람을 특별히 가른다면, 까다로운 심미안을 가진 유미주의자로서 직접적인 성교보다는 이성에 대한 '탐미적 완상(玩賞)'을 더 좋아하는 독신주의자나, 아예 나이를 너무 많이 먹어 성적으로 무기력하게 된 노인의 경우를 들 수 있을 것이다. 실제로 일본이나 미국의 스트립쇼나 라이브 쇼를 하는 공연장에 모여드는 관객은 노인층이 대부분이라고 한다.

유미주의적 관음자의 경우는 웬만한 상대로는 성적 욕구를 느낄 수 없기 때문에, 이상적인 미(美)를 가진 이성이나 각자의 독특한 취향에 맞는 이성(예컨대 수염을 길게 기른 남성이나 손톱을 아주 길게 기른 여성 등)의 모습이나 그런 이성이 애무하는 장면을 사진이나 영상 등을 통해 바라보면서 성적 충족감을 경험하는 것을 가리킨다. 이럴 경우 자위행위가 수반되는 것이 보통이다.

✼

넷째, 페티시즘형. 페티시즘(fetishism)은 일종의 물신숭배(物神崇拜)로서, 이성의 육체의 한 부분이나 그가 걸친 옷, 헤어스타일, 피어싱 등을 통해 성적 충족감을 얻는 취향을 말한다.

일반적인 페티시즘의 대상으로는 여성의 경우, 매끈하게 뻗은 다리, 큰 유방, 긴 머리카락, 긴 손톱, 독특한 화장, 하이힐이나 가죽 부츠, 화려한 장신구, 가죽옷이나 모피 코트, 속옷, 스타킹 등이 있다. 남성이 여성의 머리카락이나 속옷을 가지고 다니며 성적 쾌감을 느끼는 경우가 가장 고전적인 형태다. 그러나 최근 성 개방의 물결에 따라 페티시즘은 과거와 같이 대상적(代償的) 섹스의 형태에 머물지 않고 관음증과 함께 보편적 '성적 감흥'의 수단으로 기능하게 되었다.

타고난 미모에 의한 단아한 고전미에 비해 인공적으로 가꾼 섹시하고 그로테스크한 개성미가 현대미의 특징인데, 요즘 우리나라의 걸그룹 가수들이 야한 옷차림이나 섹시한 헤어스타일과 다양한 머리 염색을 하는 것이 좋은 예라고 할 수 있다. 나는 여자의 네일 아트에 광적으로 집착하는 편인데, 일반적으로는 남녀를 불문하고 노출이 심한 옷과 섹시한 피어싱, 그리고 긴 머리카락에 홀린다. 내가 아는 어떤 여성은 남성의 긴 꽁지머리와 짙은 향수냄새에서 유별난 성적 감흥을 느낀다고 말했다.

중국 사람들이 예전에 남녀가 다 손톱을 길게 기르고 남성들은 여성의 작은 발(전족)에서 성적 감흥을 느낀 것 역시 페티시즘의 좋은 예다. 서구의 경우엔 전족 대신 굽 높은 하이힐이다.

페티시즘은 삽입성교 시 최음적 효과를 발휘하기도 하지만 주로 관음증이나 탐미주의와 어우러지는 경우가 많다. 페티시즘은 일반적으로 남녀 간의 상투적인 성적 교섭을 권태로워하거나 혐오하는 사람들에게서 많이 나타나기 때문이다.

＊

다섯째, 자기애형(自己愛型). 자기애는 나르시시즘이라고 불리는 것으로 넓게는 죄의식을 동반하지 않는 자위행위를 가리킨다. 그러나 '자기애자(自己愛者)'라고 하면 아무래도 이성보다는 자신에게서 성적 흥분을 느끼고, 스스로를 아름답고 선정적으로 꾸밈으로써 성적 만족을 얻어내는 타입 쪽에 초점이 맞추어질 것 같다. 예전에는 주로 여성의 경우에만 해당되는 사항이었다. 남성한테는 '아름답게 꾸밀 수 있는 권리'가 거의 부여되지 못했기 때문이다.

그러나 최근 들어 여성해방은 물론 남성해방의 물결이 세계를 관류함에 따라 남성에게도 자기애적 쾌감을 맛볼 수 있는 기회가 점점 늘어나고 있다. 여성해방운동은 레즈비어니즘과 독신생활을 부추기고, 남성해방운동은 남성의 여성화 현상을 부추기고 있기 때문이다.

자기애는 노출증(exhibitionism)과도 관련되어, 스스로 아름답고 섹시하게 꾸미고 다닐 때 다른 사람들이 찬탄하는 눈길로 자기를 바라보는 것을 보며 쾌감을 맛보는 형태로도 나타난다. 미모의 영화배우나 패션모델 중에는 자기애자가 많다. 스웨덴의 전설적인 여배우 그레타 가르보는 양성애자(兩性愛者)였다고 알려져 있지만, 내가 보기엔 자기애자에 더 가깝지 않았나 싶다.

최근 서구뿐만 아니라 한국에서도 한창 늘어나고 있는 쉬메일(shemale), 즉 여장남성(女裝男性)들은, 그들이 동성애를 추구하든 안 하든 어떤 의미에서 볼 때 자기애를 즐기고 있는 사람들이다. 섹시한 헤어스타일이나 복장, 그리고 화장술과 장신구의 사용 등 여성들만이 향유할 수 있었던 미적 치장의 자유를 남성들이 부러워한 나머지, 지금까지 사회제도로 강요된 '용감하고 투박한 남성상'에서 벗어나 천부적 권리의 회복을 도모하고 있는 것이라고 볼 수 있다.

나르시시즘이란 말의 어원이 그리스 신화에 나오는 미소년 나르시소스에서 나왔다는 사실에 비춰볼 때, 남성이 돈이나 권력이 아니라 아름다움 자체로 자기애를 느낄 수 있는 사회야말로 진정한 남녀평등이 이루어질 수 있는 민주사회일 것이다.

아무튼 독신자의 증가와 비생식적 섹스의 보편화, 그리고 에로티시즘 예술(이른바 외설문화. 그러나 외설과 예술의 구분은 무의미하다)의 표현의 자유 쟁취에 따라, 자기애를 즐기는 사람은 점점 더 늘어날 것이 틀림없다. 이제 '노처녀', '노총각'이 못생긴 사람의 대명사가 아니라 아름다운 사람(물론 후천적 인공미 위주의)의 대명사로 불릴 날이 얼마 남지 않았다.

*

여섯째, 동성애형(同性愛型). 동성애란 말은 아직 우리나라에선 입에 담기 껄끄러운 말로 되어 있다. 하지만 동성애를 다룬 영화 『크라잉 게임』이나 『패왕별희(覇王別嬉)』, 『M. 버터플라이』, 『필라델피아』, 『토탈 이클립스』, 『네이키드』 등이 상영되면서 동성애에 대한 관심이 차츰 고조되고 있다. 선진국으로 갈수록 동성애자의 수가 점점 더 늘어나 사회단체까지 결성하고 있으며(한국에도 동성애자 단체가 생겨 소식지까지 발간하고 있다), 이젠 정신의학적으로도 동성애를 '병'으로 취급하지 않는다.

동성애는 고대 그리스나 로마 사회에서는 당연한 성애로 인정되었고, 중국에서도 그랬다. 동성애는 본질적인 동성애와 양성애를 겸한 동성애로 나눌 수 있다. 태어날 때부터 여성스러움을 타고난 남성의 경우나 남성스러움을 타고난 여성의 경우에는 본질적인 동성애에 빠져들 수밖에 없고, 여성의 불친절과 남성화 현상에 염증을 느낀 남성들은 양성애자가 되기 쉽다. 여성 역시 남성의 억압과 횡포에 대한 반발로 양성애에 빠져든다. 또한 이성에게서 사랑의 상처를 받은 이들 역시 동성애에 빠져들 확률이 높다고 한다.

동성애 문제는 음양의 이치를 거스르는 것이기 때문에 이성애만을 추구하는 보통 사람 입장에서는 도저히 이해하기 어려운 문제다. 그러나 현실이 현실이니만큼 그것을 죄악으로 보거나 변태로 볼 수는 없다고 본다. 굳이 동성애가 늘어나는 원인을 추리해보자면, 결국 인간의 창조적 상상력이 무한하여 계속 별스러운 쾌락을 추구한 나머지 도달하게 된 특이한 애정형태라고 할 수 있을 것이다. 그리고 지금까지 남성에게는 용감하고 정력적인 남성상만을, 여성에게는 복종적이고 부드러운 여성상만을 강요해왔기 때문에 빚어진 반동현상이라고 볼 수도 있다.

그러나 보다 적극적이고 개방적인 입장에서 동성애 문제를 조명해본다면, 나는 동성애가 인간의 '금지된 것에 대한 도전의식'과 '창조적 미의식'의 결합에 의해서 생긴 가장 변태적인 성 행동이라고 본다. '변태'라는 말은 여기서 '창조'와 동일한 의미로 쓰인 것이다 (타인에게 해를 끼치지 않는 한 부정적 의미의 변태는 없다).

인간은 '권태'를 극복하기 위해 '변태'를 창조해내어 눈부신 문화발전을 이룩할 수 있었다. 진화론에서도 인간이 다른 유인원들과는 다르게 고도의 사고능력과 언어능력을 가진 동물로 발전해간 근거로 '돌연변이'를 든다. 그런데 이 돌연변이란 바로 변태에 다름 아닌 것이다.

신기하게도 그리스의 대철학자인 소크라테스나 플라톤은 물론 그 이후의 수많은 천재적 사상가나 예술가들 중엔 동성애자가 많았다. 이는 음양의 자연법칙까지 깨가며 보다 창조적이고 인공적인 성적(性的) 엑스타시를 추구해보려는 천재들의 도전의식에서 비롯된 것이었다.

나는 특히 남성 동성애자 가운데 여성적 아름다움을 동경하여 주위의 눈총에도 아랑곳하지 않고 화사한 치장에 전념하는 쉬메일(여장남성)한테서 그들의 미(美)에 대한 열정과 적극성을 발견하고 묘한 감동과 부러움을 느끼곤 한다. 그들은 내가 좋아하는 매니큐어 칠한 긴 손톱이나 화려한 장신구, 그리고 그로테스크하리만치 창조적이고 개성적인 화장과 헤어스타일을 하고 있는데, 이는 보수적 여성해방론자들이 주장하는 "여성의 화장은 오로지 남성들의 강요에 의한 것이다"의 허구성을 입증하는 좋은 증거가 아닐 수 없다. 그들은 진심으로 아름다워지고 싶어 하며, 관능적 아름다움에 대한 자유로운 추구를 바라고 있다.

남성은 반드시 용감해야 하고 미적(美的) 치장에 무관심해야 한다는 논리는 억지로 강요된 것이지 타고난 것은 아니다. 그것은 남성을 전쟁터로 몰아내기 위해 긴 세월에 걸친 세뇌로 만들어진 진정 불평등한 기준이 아닐 수 없다. 남성도 여성처럼 인공미를 통해 아름다움을 가꿔나가고, 여성해방론자들도 지금처럼 '남성 닮기'를 목표로 두는 것이 아니라 여성이 갖고 있는 미적(美的) 본성을 십분 발휘하는 것을 목표로 삼을 때, 그때 비로소 지구상엔 전쟁이 사라지고 유미적 쾌락주의를 통한 복지지상주의(福祉至上主義)의 실현과 영구평화가 이룩될 수 있다고 본다.

이를테면 손톱을 길게 길러 정성껏 가꾸는 여성은, 손톱이 부러지는 것이 겁나 다른 사람을 마구 할퀼 수 없는 것과도 같은 이치다. 군인들에게 머리를 길게 기르게 하고 화장과 몸치장을 허락하면 전의(戰意)를 상실하게(물론 좋은 의미에서) 될 게 뻔하다. 양쪽 다 전의를 상실하면(다시 말해서 탐미주의자가 되면) 싸움은 일어나지 않는다.

그런 의미에서 볼 때 동성애자들이 점차 증가하고 있다는 것은, 성을 단지 '생식을 위한 성'으로서가 아니라 '미적 탐닉을 통한 쾌락으로서의 성'으로 바꿔나가려는 인류의 무의식적 노력이, 인구폭발에 대한 집단무의식적 방어심리와 결부되어 상징적으로 가시화되고 있는 것으로 해석될 수 있다.

따라서 동성애는 지금까지 지배자들에 의해서 고착된 남녀의 고정적 성 패턴과 성 역할을 거부하여 보다 당당한 미적 추구의 자유와 주체적 쾌감을 확보하려는 급진적 노력의 소산이요, '천명(天命)'에의 거부라고도 볼 수 있는 것이다. 이것이야말로 어쨌든 '인간의 힘으로 선천적 유전법칙 이기기'의 상징이 아니고 무엇이겠는가.

역설적 의도의 활용

늙어가는 노래

내 나이 아직 어렸을 때에
나는 빨리 어른이 되고 싶었지
어른만 되면 모든 꿈을 이룰 수 있을 것 같았지
그러나 난 지금 꿈을 이룰 수 없네
나는 이미 어른이기에

안쓰럽게 푸른 새싹으로 올라와
한스럽게 다 자란 싹으로 피어났던
애닯고 허무했던 나의 희망이여

어쨌든 내겐 아직 희망이 필요하지만
이 얄미운 목숨을 지탱하기 위한
멍텅구리 같은 희망이라도 필요하지만

그래도 나는 희망을 이룰 수 없네
나는 이제 자라나는 나무가 아니라
점점 죽어가는 나무이기에
나는 벌써 어른이기에

뒤섞인 나날 속에 지쳐 누운 추억의 그림자
초라한 기억 속에서 안간힘쓰며 꿈틀대는
이 사랑, 이 욕정, 이 본능!

그러나 나는 사랑을 이룰 수 없네
아, 나는 어른이기에
절망보다 오히려 더 두려운 그 '희망'을 믿기엔
이미 너무나 똑똑해져 버린
…… 서글픈 어른이기에

19
역설적 의도의 활용

'역설적 의도'란 역경을 딛고 일어서기 위해서는 모든 것을 거꾸로 생각하여 밀고 나가라는 말인데, 좋은 예를 '바라는 것의 성취'에서 찾아볼 수 있다. 일이 안 풀릴 때는 억지로 성취를 구하지 말고 일부러 소망을 쫓아내려고 노력해야 한다. 심심풀이로 책을 읽든지 오락을 하든지 말이다. 그러면 자기도 모르는 사이에 소망의 성취가 이루어지게 되는 것이다. 소망의 좌절에 대한 근심은 '과잉의도'를 가져오고, 그것이 결과적으로 '성취의 기쁨'을 빼앗게 되기 때문이다.

✳

이것은 돈이나 출세, 애정관계 등에도 다 같이 적용된다. 유명한 대중가요 가운데 남인수가 부른 노래 「청춘고백」이 있다. 그 첫줄은 "좋다 할 땐 뿌리치고, 싫다 하면 부여잡는…"으로 시작되는데, 역설적 의도를 통속적으로 잘 비유한 가사가 아닐 수 없다.

✻

따지고 보면 인간 예수나 석가모니가 가르친 것도 모두 다 '역설적 의도'에 의한 섭세법이었다. 마음이 가난한 자, 즉 욕심이 없는 자가 오히려 복을 받으며, 재물(色)을 얻을 수 있다는 진리, 이것은 죽은 뒤에나 천당이나 극락에 가보자는 현실도피적 가르침이 아니라 실제로 살아 있는 동안에 복을 받을 수 있는 실천원리였다. 톨스토이의 민화 「바보 이반 이야기」도 비슷한 맥락에서 이해될 수 있을 것이다. 이반은 왕이 되고 싶지 않았는데도 저절로 왕이 되었다.

✻

왠지 일이 잘 안 풀리고 초초해질 때면 모든 것을 뒤집어 생각하고, 엄마 개구리가 동쪽으로 가라면 서쪽으로 가고 서쪽으로 가라면 동쪽으로 갔다는 '불효자 청개구리' 식의 억지나 떼를 써볼 필요가 있다. 그러면 신기하게도 일이 술술 풀려나간다. 실제 연애행위에 있어서도 구애(求愛)가 안 이루어질 경우 "그이를 단념해야지"라는 강한 의도는 오히려 연애가 성사되게 하는 효력을 지닌다.

✻

오스트리아의 정신과 의사 빅터 프랭클은 우리가 고난의 의미를 발견하고 그것과 친숙해지는 것, 즉 그것의 존재에 공포를 느끼지 않고 그것을 가까이하려는 태도가 오히려 고난을 없애주는 유일한 방도라고 말하고 있다. 고난은 또한 인생의 의미를 찾는 데 도움을 준다. 인생은 마라톤이자 한 편의 드라마다. 그렇기 때문에 전체의 '완성도'를 가지고 따져야지 부분을 가지고 그 성패를 따질 수는 없다.

✲

모면키 어려운 극한상황에 직면했을 때, 피치 못할 파산, 불치의 병에 걸리거나 그 밖에 절망을 눈앞에 둔 한계상황에 처했을 때, 인간에겐 가장 높은 가치의 심오한 의미, 즉 '고난의 의미'를 실현하는 최종적인 기회가 주어진다. 이것은 곧 '궁(窮)한 상태'를 '통(通)하기 위한 밝은 조짐'으로 보는 『주역(周易)』의 사상과 그 발상의 틀을 같이하는 것이다. 궁하다 보면 반드시 통하기 때문이다.

✲

유대인이었던 빅터 프랭클은 나치정권에 의해 그 악명 높은 아우슈비츠 수용소에 수용되어 죽음의 고비를 넘겼다. 그 결과로 나온 것이 그의 유명한 저서 『죽음의 수용소에서』인데, 이것은 주(周)나라 문왕(文王)이 장기간의 옥살이 끝에 '역(易)'의 기초를 구상할 수 있었다는 사실과 유사하다 하겠다.

✲

물론 프랭클이 말한 '생(生)의 의미'란 다분히 기독교적 정신주의나 데카르트식 이성우월주의를 지향하고 있기 때문에, 쾌락원리에 따라 지배되는 동양의 실용주의나 현실주의와는 상당히 어긋난다. 하지만 인간이 기독교 사상에서처럼 영혼의 정화를 통해서 의미를 찾든, 실제적인 부(富)나 안락 등의 쾌락을 통해서 의미를 찾든, 찾는다는 사실 자체는 마찬가지다. 아무튼 인간은 죽을 때까지 무언가를 '추구'하는 것이다. 이럴 때 그 '추구'를 현실로 실현시키기 위한 가장 좋은 방법이 바로 '역설적 의도'가 되는 것이다.

＊

『주역(周易)』은 '무망(无妄)' 괘(卦)를 통하여 미래에 대한 과도한 계산이나 잔꾀를 부리지 말라고 충고한다. '무망'이란 거짓이 없고 진실된 자세를 의미한다. 그런데 '无'는 '無'요, '妄'은 '望'과 통하는 것이므로, 뭔가를 이루고 싶다는 기대와 예정, 속셈, 계략을 버리고 되는대로 내버려두어야 한다는 뜻도 된다.

＊

이 '무망' 괘의 정신이야말로 『주역』 전체의 주제를 뭉뚱그려 함축하고 있다. 언뜻 보면 노자의 "무위자연(無爲自然)"과 비슷한 의미로도 해석되지만, 무조건 현재의 상황을 방관, 포기하는 자세가 아니라 현실의 여건을 '지성진실(至誠眞實)한 마음'으로 적극적으로 포용하며 시간을 무심히 흘려보내라는 얘기다. 여기에는 '역설적 의도'를 "지성이면 감천"과 결부시켜 실질적으로 활용하려는 저술자의 의도가 숨어 있다.

＊

'무망' 괘에는 부질없는 의도와 미래지향적 계산을 삼가라는 뜻으로 "무망왕길(无妄往吉)"이란 말이 나온다. 이것을 의역하면 "무심히 나아가면 뜻을 얻고 길하다"가 되는데, 이것은 다시 "무망 행 유생 무유리(无妄 行有生 无攸利, 되어가는 형세에 맡겨라. 억지로 행동하면 재해가 있어 이로울 것이 없다)"로 이어진다.

*

이토록 소극적이고 비진취적인 것처럼 보이는 것이 '무망' 괘인데도 이 괘의 본문 첫머리에서는 "무망 원형이정(无妄 元亨利貞)"이라 하였다. 원(元), 형(亨), 이(利), 정(貞)은 가장 이상적인 상태를 상징하는 글자들인데, 이 네 글자를 다 동원한 괘는 아주 드물다. 그러므로 '무망' 괘는 성운(盛運)의 괘가 되는 것이다.

*

역경에 처했을 때 미래에 대한 부질없는 계산이나 과도한 기대를 갖는다는 것이 사태를 정반대로 악화시킬 수 있다는 실례를, 빅터 프랭클은 자신의 아우슈비츠 수용소 체험을 통하여 증언하고 있다. 『주역』의 정신이나 삶의 방법론이 얼마나 실제적으로 잘 적용되는가를 실증해주는 사례다.

*

빅터 프랭클은 자신의 저서에서 이렇게 말한다.

"1944년 크리스마스부터 1945년 새해 사이에 우리 수용소에서는 일찍이 없었던 대량의 사망자가 나왔다. 그것은 가혹한 노동조건이나 악화된 영양상태, 또는 나쁜 기후나 새로 나타난 전염성 질환 등으로는 설명될 수 없는 기이한 현상이었다. 도리어 이 대량 사망의 원인은 수용소의 죄수들이 크리스마스 때는 집으로 돌아갈 수 있을 것이라는 소박한 '희망'에 몸을 의탁했기 때문에 빚어진 것이었다. 크리스마스가 다가오는데도 수용소 통보(通報)에는 아무런 밝은 정보도 실려 있지 않았기 때문에, 격심한 실망과 낙담이 죄수들을 때려눕힌 것이었다."

위의 예는 현재보다 미래에 지나친 기대나 욕심을 두게 될 때 우리가 겪게 되는 뜻하지 않은 재난을 경계시켜주는 좋은 실례라 하겠다.

✳

'역설적 의도'를 구체적 행운으로 연결시키기 위해서는 미래에 대한 과도한 기대를 단절시키는 것과 아울러 과거에 대한 회한(또는 미련)을 단절시키는 일 역시 필요하다. 역경에 처하게 됐을 때 사람들은 누구나 모든 잘못은 자기 자신에게 있다고 생각하게 되는 법이다. "내 탓이오, 내 탓이오"를 외치면서 "아, 그때 그런 실수를 저지르지 않았더라면 이렇게까지 되진 않았을 텐데"라고 자책하며 "그때 만약에…"를 되풀이하게 되는 시기가 있다.

✳

『주역』은 이러한 마음의 상태를 만들어주기 위해 자연현상이나 음양의 변전법칙 등을 예로 들어 "그때는 그렇게 될 수밖에 없었다"고 강조하며, 역(易)을 읽는 이(또는 역점[易占]을 친 이)의 잠재의식에서 과거를 내쫓고 일체의 자책감이나 도덕적 인과론을 내몰아버리는 것이다. 마치 아무것도 칠해져 있지 않은 흰색의 도화지를 만들 듯이 말이다.

✳

나는 한국인들의 지나친 과거집착증이 수구적 봉건윤리에 따른 문화적 쇄국주의를 불러오고, 나아가 각 개인의 정신적 불안상태를 초래하고 있다고 본다. 출생신분이든 과거의 정신적 상흔이든 모든 것을 깡그리 잊어버릴 수 있을 때, 그때 비로소 본능적 잠재능력의 기적적인 발현이 이루어질 수 있다.

✽

『주역』은 민중들이 갖고 있는 "구관이 명관" 식의 과거집착증과 기득권자들의 수구적 복고정신을 배척한다. 그래서 혁명을 뜻하는 '혁(革)' 괘를 만들어가지고 이를 원(元), 형(亨), 이(利), 정(貞)을 함께 갖춘 성운(盛運)의 괘로 제시하고 있다. 그와 동시에 역시 원, 형, 이, 정을 함께 갖춘 '수(隋)' 괘를 만들어 과거를 잊고 새로운 변화에 따를 것을 권고한다. '수' 괘의 대의(大意)는 "타의에 의해 마지못해 움직이는 것이 아니라 스스로 따른다"는 뜻이다.

✽

이렇듯 과거에 대한 집착과 미래에 대한 과도한 계산을 근절시켜 버리고 난 뒤에 비로소 '역설적 의도'에 의한 운명 개척의 길이 열리게 된다. 『주역』은 역설적 의도에 의한 '통(通)의 상태'를 좀 더 빨리 오게 하기 위하여, 아니 '통의 상태'가 확실히 오게 하기 위하여, 보다 적극적인 암시기법을 쓰고 있다.

✽

'무심한 달관'만 가지고서는 안 된다. 그것은 '현재 상황'에 대한 의연함으로만 끝나버릴지도 모른다. 나아가 미래에 대한 한 가닥 미련이나 과거에 대한 보상욕구가 슬그머니 발동할는지도 모른다. 그래서 희망을 완전히 멸절시킬 필요가 있다(불교의 사성제[四聖

諦] 가운데 멸제[滅諦] 역시 비슷한 의미라고 할 수 있다). 그래야만 순전히 우리 인간의 마음의 힘에 의하여 음(陰)은 양(陽)을 부른다는 원리에 따라 통한 상태를 끌어올 수 있는 것이다.

그래서 역(易)에 나오는 마지막 효사(爻辭)들은 대부분 어둡고 우울한 상징어들로 이루어진다. '쾌(夬)' 괘에 나오는 "무호 종유흉(无號 終有凶, 부르짖어 구원을 청해봤자 결국은 흉하다)"라든가, '태(泰)' 괘에 나오는 "성복우황 물용사 자읍고명 정인(城復于隍 勿用師 自邑告命 貞吝, 성은 무너져 도랑을 메운다. 싸워봤자 소용없고 대중들에게 호소해봤자 소용없다. 바른 일을 해도 궁지에 빠진다)"이라는 표현이 대표적인 예다. 쾌(夬)는 흉한 괘이고 태(泰)는 길한 괘인데도 불구하고 두 괘의 마지막 효사(爻辭, 『주역』에 있어서 한 괘를 이루는 각 효[爻]의 뜻을 설명한 글을 말함)가 비슷하다는 것은, 『주역』의 저자가 그만큼 역설적 의도의 '자기암시적 주입'에 신경 썼다는 것을 의미한다.

✳

지금까지 내가 추출해낸 『주역』의 섭세법을 읽으면서, 미래에 대한 '계산'을 없애든 '희망'을 없애든, 『주역』이 제시하고 있는 운명극복법이 결국은 허무주의나 현실도피주의에 그쳐버리는 것은 아닌가 하고 의문을 품는 사람들이 있을 것이다. 희망을 갖고 살지 말라면 결국 현재를 인내하라는 얘기요, 그것은 곧 혁명적 진보사상에 배치되는 것이 되며, 또한 미래의 쾌락과 행복에 대한 적극적 노력을 부정하는 얘기처럼 들리기 쉽기 때문이다. 하지만 『주역』이 제시하고 있는 섭세법은 어디까지나 구체적 행복(쾌락)을 획득하기 위한 전략이라는 사실을 새삼 상기하지 않으면 안 된다.

✳

앞서 말했듯이 『주역』은 일종의 심리요법서이고 험난한 인생과 싸워나가기 의한 전술서다. 우리가 험난한 인생길을 걸어가며 종국적 승리를 쟁취하기 위해서는 '질깃질깃' 싸워나가지 않으면 안 된다. 황현이나 민영환처럼 자살로 순절(殉節)하는 것만이 영광이나 능사가 아니요, 안중근 의사처럼 죽을 각오로 원수를 암살하는 것만이 해결책이 아니다. 안중근 의사의 쾌거가 오히려 일본의 국내 여론을 부추겨 한일합방의 명분을 보다 확실하게 부여했다는 점도 무시할 수 없기 때문이다.

✳

강풍이 불 때는 슬쩍 누워 바람을 피해 목숨을 지탱해나가고, 강풍이 지나가면 발딱 일어나 삶과 싸워나가는 잡초같이 끈질긴 생명력과 투쟁정신이, 『주역』에서는 여러 가지 유연성 있는 운명대처법으로 제시되고 있다고 보면, 『주역』의 보다 확실한 이해가 가능해질 것이다.

✳

나도 '역설적 의도'의 효용성을 직접 실감해본 적이 있다. 그때 나는 첫 직장인 홍익대학교 교수로 있었는데, 한국의 모든 교수들이 그렇듯, 모교에 가서 가르치고 싶은 생각이 처음엔 들었다. 그런데 홍익대에서 5년간 근무하다 보니 학교와 학생들한테 몹시도 정이 들었다. 그래서 모교인 연세대에서 처음으로 교수 공개채용 광고를 신문에 냈을 때도, 연세대에 가고 싶은 마음이 없이 지원서류를 내지 않았다.

그랬더니 황송하게도 모교 은사 두 분이 홍익대까지 직접 나를 찾아와주셔서, 지원서류를 내기만 하면 무조건 나를 뽑아주겠다며 일종의 부탁의 말을 하는 것이었다. 그래서 나는 아부 따위 하지 않고 슬며시 모교 교수가 될 수 있었다.

涉
世
論

인생은 결국 허무한 것이다

사랑받지 못하여

님이여, 저는 아주 키가 작은 나무이고 싶어요.
우리들은 모두 다 외로움의 대지에
뿌리를 깊이 내린 나무들입니다.
나무들은 모두 고독으로부터 벗어나려고
몸부림치고 있어요.
그래서 대지와는 정반대 방향인 하늘만을
바라보고 있지요.
키가 비슷하게 작은 나무들은,
서로의 가슴 위로 불어 가는
크고 작은 바람들을 함께 알아요.
모두들 외로움에 깊게 지쳐 있기 때문에
나무들은 서로가 서로를 바라보고 싶어 합니다.
하지만 키가 큰 나무들은 그 큰 키만큼
고적하고 외롭습니다.
하늘만을 바라볼 수 있을 뿐,
서로가 마주 보며 사랑을 나눌 수 있는

나무가 적으니까요.

님이여, 그래서 저는 아주 작은 한낱 잡목이고 싶어요.

키 큰 나무는 되고 싶지 않아요.

비록 아무 의미도 없이 쓰러져 땅속에 묻혀 버린다고 해도,

저는 그저 외롭지 않게 한세상을 살며

꿈꾸듯 서로 바라보며

따스롭게 위안 받을 수 있는

그런 많은 이웃들을 가지고 싶습니다.

20
인생은 결국 허무한 것이다

나는 어려서부터 인생살이에 대해 "인간은 태어나서, 고생하다, 죽는다"는 명제를 가슴 깊이 간직하고 있었다. 그런 비극적 인생관을 가지고 있었기 때문에, 이데올로기든 종교든 사상이든, 그 어떤 것이라도 인간에게 '허무한 희망'을 주는 것은 다 거부할 수 있었다. 그러면서 나는 차츰 일종의 '쾌락주의'를 원칙으로 삼고 살아가게 되었는데, 어차피 고생하다 죽을 바에야 조금이라도 더 쾌락을 맛보다 죽는 게 낫다는 생각에서였다.

*

나는 '희망'이 '절망'보다 더 두려운 것이라는 걸 직관으로 알 수 있었다. 희망이 무너질 때 사람들은 더 급격한 절망(이를테면 돌연한 자살 같은)의 나락으로 굴러 떨어지기 때문이다. 그래서 나는 되도록 희망을 가지지 않으려고 노력하였다. 학교에 다닐 때도 나는 악착같이 공부하지 않았고, 문학작품을 창작할 때도 독자의 반응보다 글을 쓰는 순간에 맛보는 카타르시스(대리배설)의 쾌감을 얻으면 그만이었다.

✳

그래서인지 문학을 지망하고서 등단 절차를 거칠 때도 악착같이 덤벼들지를 않았다. 나는 처음엔 최소의 노동량으로 대리배설의 쾌감을 맛볼 수 있는, 다시 말해서 원고 분량이 적은 시를 지망하였다. 그리고 신춘문예에 응모하기도 하고 유명 문예지에 투고하기도 했는데, 낙방의 고배를 마시더라도 전혀 억울함을 느낀다거나 좌절하지는 않았다. 그저 때(즉, 기회)가 오면 되겠지 하는 생각일 뿐이었다. 그러다가 되면 좋고 안 되면 그만인 것이다.

✳

나는 많은 편수의 시를 습작해본 적이 없다. 그저 가끔 영감이 떠오를 때마다 메모처럼 끍적거려 두곤 했는데, 내 시가 아무래도 야한 내용이 많은 것이라서 신춘문예 같은 데서 당선되기는 어려웠다. 그러다가 1977년 26세 때 대학 은사인 박두진 선생의 추천 형식으로 『현대문학』을 통해 데뷔하게 되었다. 그렇다고 해서 내가 일주일에 한 편씩 시를 써가지고 박 선생한테 가서 지도를 받는 식으로 문하생으로서의 절차를 밟은 것도 아니었다. 내 주변의 문학하는 친구들 중엔 그런 식으로 차근차근 시 창작 수업을 밟은 이들이 많았다. 하지만 나는 그런 과정이 아주 귀찮게 여겨져서 실천하지를 못했다.

＊

　그러다가 한 번에 열 편의 작품을 박 선생께 보여드려가지고 단번에 추천을 받게 된 것이었다. 내 시의 내용은 당시로서는 상당히 야한 편에 드는 것이었고, 박두진 선생은 철저한 기독교인인데다가 청교도적 윤리를 강조하는 분이어서 별 기대를 하지 않고 갔다. 그런데 박 선생은 의외로 내 시가 퍽 개성적이고 당돌해서 좋다고 하시며 선뜻 추천을 해주는 것이었다. 그런 점에서 보면 박두진 선생은 자기 시의 스타일만을 제자에게 강요하지 않는 훌륭한(다시 말해서 편협하지 않은) 시인이자 스승이었다.

　다만 아쉬운 것은 그분이 평생토록 쓴 시들에는 좋은 작품이 별로 없었다는 것이다. 「해」나 「도봉」, 「묘지송(墓地頌)」 등 초기 시 몇 편을 제외하고는 온통 신앙고백 투의 기독교 시 일색이었다. 문학창작에 종교가 얼마나 나쁜 훼방꾼인지를 나는 박두진 선생의 시를 통해서 알게 되었다.

＊

　내가 소설이 쓰고 싶어진 것은 30대 중반의 나이가 되고부터였다. 시만 가지고는 마음속의 울화와 욕구를 마음껏 설사시킬 수 없었기 때문이다. 시는 아무래도 '함축미'를 생명으로 하는 것이라서, 변비증 걸린 사람이 낑낑대면서 누는 아주 감질 나는 된똥 같은 것이다. 그래서 나는 억압된 감정의 시원한 설사를 소설을 통해서 해보고 싶었다. 하지만 그 나이에 쪽팔리게시리 신춘문예나 유명 문예지 신인 공모에 투고해볼 수는 없는 일이었다. 그래서 나는 그저 기회가 되면 어떻게 한번 써봐야지 하는 생각으로 세월을 흘려보내고 있었다. 그런데 뜻밖에도 1989년에 소설(그것도 단편이 아닌 장편으로!)을 쓸 수 있는 기회를 우연히 잡을 수 있었던 것이다. 38세 때의 일이다.

✳

1989년 1월에 나는 첫 에세이집 『나는 야한 여자가 좋다』를, 그 것도 우연한 계기로 출판하게 되었는데, 그 책이 꽤 많이 팔리고 화제(더 정확히 말하자면 논란과 물의)의 중심이 되었다. 그러자 몇 달 후 유명 문예지인 『문학사상』에서 내게 장편소설을 한 편 연재 해보지 않겠느냐는 제의를 해왔다. 그래서 나는 이게 웬 떡이냐 하는 심정으로 겁도 없이 200자 원고지로 2천 매 가까이나 되는 첫 장 편소설 『권태』를 1989년 5월호부터 연재하게 됐던 것이다.

✳

첫 회분 원고 마감 기일이 박두하여, 소설 전체의 플롯이나 줄 거리도 확정해놓지 않고서 무작정 써내려갔던 기억이 아직도 생 생하다. 쓰다 보면 어떻게 저절로 굴러가겠지 하는 생각에서였 다. '인생살이'에 대한 나의 태도는 언제나 이렇듯 "그때그때 가서 벼락치기로 한다"는 것이었다.

✳

아무튼 나는 문학창작을 할 때도 순간적인 카타르시스(대리배 설)의 쾌락을 맛보려고 했고, 그 '창작의 순간'이란 것도 어떤 계기 를 맞아 '우연히' 이루어진다고 생각했다. 말하자면 악착같이 애써가며 '훌륭한 작품'을 생산해내려고 애쓰지 않았다는 얘기다. 인생 만사(萬事)가 모두 계획한 대로 차근차근 노력하는 데서 이루어지는 것은 아니라고 생각했기 때문이다. 나는 쾌락주의자이기도 하면서 다른 한편으로는 허무주의자였다.

❋

그러므로 나는 평생의 목표와 계획을 설정해놓지 않고서, 마치 벼락공부하듯이 살아가는 태도가 가장 현명한 섭세법이라고 생각한다. 지나친 기대나 야망은 좋지 않다. '야망'은 곧 '허망'으로 이어지기 쉽다.

❋

인생은 결국 모두 다 비슷비슷한 것이다. 왕자나 공주로 살든, 재벌의 상속남이나 상속녀로 살든, 가난뱅이나 거지로 살든, 다 괴롭고 권태롭다. 순간적인, 아니 순간조차 못 되는 찰나적인 관능적 쾌감 이외에 우리를 위로해줄 만한 것은 달리 아무것도 없다. 나는 그때그때 자기가 취할 수 있는 최선의 방도를 취해가면서, 최소의 노동으로 최대의 쾌락을 구하는 자세가 가장 올바른 삶의 자세라고 생각한다.

❋

이를테면 어떤 여자의 얼굴이 아주 추하게 못생겼다면, 그 조건 하에서 가장 편한 노동의 방법을 구해보는 것이다. 어떻게 해서라도 대학원에 진학해가지고, 떡하니 금테 안경을 걸친, 못생겼지만 그래도 도도하게는 보이는 여자 교수라도 되려고 애써보는 것이다.

아예 대학에 못 갈 형편이라면 일찍부터 장사를 하든 웃음을 팔든 뭐라도 하는 게 좋다. 그때그때 처한 상황에 따라 우리의 인생관이나 세계관 그리고 이데올로기는 변하게 마련이니까 말이다.

✳

인생의 목표를 미리 설정해놓으라고 하지만 그건 웃기는 얘기다. 우리는 그저 죽지 못해서, 다만 살아 있기 위해서 살아갈 뿐이다. 소위 지고지선(至高至善)의 윤리라는 것도 다 '상황윤리'에 지나지 않고, 정상이니 비정상이니 하는 것도 오직 획일적 통계에 의한 '체념적 합의(合意)'에 불과하다.

✳

만약 누군가가 아주 늙어버려 추한 모습이 된다면, 또 무슨 방도를 취해서라도 돈을 벌든지, 아니면 늙어버린 게 억울해서 죽어버리든지, 그때 가서 내키는 대로 하는 것이 좋다. 결국 순간순간을 그때그때마다 가장 편리한 방법으로 때워나가는 게 인간의 삶이 아니겠는가. 무엇을 하든지 간에 인간은 결국 권태롭고 고통스럽고 허무한 존재니까 말이다. 그러니까 고귀한 삶도 없고 비천한 삶도 없고, 명예로운 삶도 없고 명예롭지 못한 삶도 없다.

✳

인생은 고통이 아니면 권태다. 우리의 삶을 이끌어나가는 것은 이 두 가지밖에 없다. 고통에는 꼭 육체적 고통만이 아니라 정신적 고통도 포함된다. 사랑하는 사람을 차지하지 못하는 괴로움, 사업의 실패로 인한 괴로움, 경제적 괴로움 등도 다 고통이다. 물론 육체적 고통은 더욱 괴롭다. 치통, 두통, 복통 등 각종 통증은 우리의 정신마저 마비시킨다.

✽

고통 중에 있을 때 인간은 그 고통을 이겨보려고 발버둥 친다. 좀 더 편안한 상태, 쾌적한 상태에 이르려 죽어라고 노력한다. 그러나 설사 고통이 끝나고 행복한 순간이 찾아오더라도 그것은 잠깐뿐이다. 곧바로 고통만큼이나 무서운 권태가 우리의 가슴을 송두리째 갉아먹는다.

✽

가장 좋은 예가 사랑이다. 상사병을 앓아가며 사랑하는 이를 만나지 못하고 차지하지 못해 안달하던 사람도 막상 사랑하는 사람과 만나 사랑을 이루고 나면 곧이어 권태감에 사로잡힌다. 그래서 수많은 연애소설이 마지막 부분에 가서 남녀 연인들 가운데 한 사람을 불치병이나 교통사고 등으로 죽게 만드는지도 모른다. 은연중 우리들은 사랑을 하면서도 사랑의 절정 가운데 나나 또는 상대방이 죽어버리기를 원하고 있는지도 모른다. 그래서 그런 비극적 러브 스토리가 많은지도 모른다.

✽

어쨌든 사랑의 절정 뒤에는 권태가 온다. 성공 다음에는 권태와 함께 소위 '성공 우울증'이 온다. 병의 치유 다음에도 권태가 온다. 아프지 않으면 권태롭다. 문학도 마찬가지. 고통에 관한 문학이거나 권태에 관한 문학이거나 둘 중 하나다. 참여문학이냐 순수문학이냐, 민중문학이냐 부르주아 문학이냐, 따질 일이 못 된다. 고통에 관한 넋두리가 참여문학, 민중문학이요, 권태에 관한 넋두리가 순수문학, 부르주아 문학이다. 고통이든 권태든 다 괴로운 것들이기 때문에 어느 것이 더 리얼하게 인간의 실존을 다루고 있는지 비교해서 경중을 가릴 바가 못 된다.

✳

한평생 고통만 겪으며 사는 사람도 있고 한평생 권태만 느끼며 사는 사람도 있을 수 있다. 그러나 그런 사람은 극소수이고 대개는 권태도 고통도 번갈아 느껴가며 우리는 평생을 살아간다. 태어나서부터 귀족인 사람은 배고픈 고통을 경험해볼 겨를이 없으니 부르주아적 권태만 느낄 것이라고 생각하기 쉬우나, 그렇지만도 않다. 그들 역시 병에는 걸리게 마련이니까. 석가모니가 왕자의 신분으로 태어났음에도 불구하고 계속 번민하다가 출가한 것도 좋은 보기가 된다.

✳

결국 생로병사를 우리는 피할 수 없으며, 그 사이사이에 오는 권태도 피할 수 없다. 민중이나 귀족이나 그래서 다 평등하다. 민중문학, 귀족문학 하고 나누지 말라. 민중이건 귀족이건 다 불쌍한 사람들이다. 우리들은 다 불쌍하다.

✳

인생의 행복은 어떻게 허무함을 메꿔주느냐에 달려 있다. 그러므로 어느 정도의 행복은 내가 보기에 오로지 성적(性的) 만족에 의해서 결정된다. 명예, 돈, 권력 등 우리가 추구하고 있는 것은 성(性)의 자유로운 포식을 위한 준비단계에 지나지 않는다. 정신적 행복감이란 허위의식에 가득 찬 은폐일 뿐 구체적인 행복감은 육체적 쾌락에서만 온다.

✳

현재의 가족제도는 인간에게 성적(性的) 굶주림을 가속화시키고 있다. 일부일처제는 사회적 타협일 뿐이다. 결혼하면 3년간 아이를 가지지 말라. 그 기간에 많이 이혼하지 않는가. 아이가 불쌍하다. 이혼 후유증을 생각하라.

✳

극단적인 쾌락주의(부부를 교환하는 스와핑 등)를 악덕으로 공격해서는 안 된다. 성에 관한 각종 규제가 풀리면 강간 같은 것도 없어지고 성범죄가 줄어들 것이다.

✳

현대의 모든 병리현상은 성욕의 불충족에 의해 비롯된 것이므로 언제 어디서 어떻게 하든 일체의 사랑 추구 행위가 모두 용납돼야 한다. 성적 포만감이 이루어지면 윤리, 도덕 등 사회적 체면 때문에 억지로 성욕을 누르다가 생기는 각종 심신질환, 신경질적인 급진주의 사상, 테러리즘, 종교적 광신을 없앨 수 있다. 40, 50대가 암이나 심장병으로 갑자기 죽는 것은 성적 굶주림에 따른 스트레스 때문이다.

*

출세하려면 성욕을 충족시켜라. 출세하려고 억지로 아첨하는 웃음을 지을 게 아니라 성애에 몰두하라. 그러면 나머지 자질구레한 실생활의 문제들은 저절로 해결된다. 만족스러운 섹스는 만병통치약이다. 아리스토텔레스도 카타르시스를 통한 스트레스 해소방법을 얘기한 바 있다.

*

인간의 성(性)은 관능적 상상력에 의해 다양한 형태의 대리배설이 가능하다. 그룹 섹스, 페티시즘, SM 섹스, 동성애 등으로 '상상적 성욕'을 대리배설할 수 있다. 남성들은 정력에 대한 환상과 열등의식을 버려라. 정력보다는 정열이다.

*

육체가 배고플 때 정신이 맑아질 수는 없다. 육체가 배부르면 느긋해지고 객관적이 된다. 우리나라가 빨리 발전하려면 근시안적 세계관을 지양하고 다원주의적 세계관을 시급히 수용해야 한다. 21세기의 삶의 유형은 섹스중심주의, 감성중심주의로 변화될 것이다. 선진국이 되면 "배고픈 소크라테스보다 섹스에 배부른 돼지가 낫다"로 가치관이 바뀔 것이다.

*

내 시 때문에 제법 유명해진 '장미여관'은 내 상상 속에 존재하는 가상의 여관이다. 장미여관은 내게 있어 두 가지 상징적 의미를 갖고 있다. 하나는 나그네의 여정(旅程)과 향수를 느끼게 해주는 여관이다. 우리는 잡다한 현실을 떠나 어디론가 홀가분하게 탈출하고 싶은 충동을 느끼며 살아간다. 나의 정체를 숨긴 채 일시적으로나마 모든 체면과 윤리와 의무들로부터 해방되어 안주하고 싶은 곳 ― 그곳이 바로 장미여관이다.

또 다른 하나는 '러브호텔'로서의 장미여관이다. 붉은 네온사인으로 우리를 유혹하는 곳, 비밀스런 사랑의 전율이 꿈틀대는 도시인의 휴식공간이다.

✽

우리는 진정한 안식처를 직장이나 가정에서 구할 수 없다. 직장의 분위기는 위선적 체면치레와 복잡한 인간관계가 얽혀 우리를 숨막히게 한다. 가정은 겉보기엔 단란하지만 사실상 갖가지 콤플렉스들이 얽혀서 꿈틀대는 고뇌의 장(場)이다. 가족관계란 싫든 좋든 평생 묶여서 지내야 하는 굴레가 될 수도 있기 때문이다. 이럴 때 우리는 잠깐만이라도 모든 세속적 윤리와 도덕을 초월하여 어디론가 도피함으로써 자유를 호흡할 수 있어야 한다.

✽

장미여관 ― 그 달콤한 음탕과 불안한 관능이 숨 쉬는 곳. 거기서 우리는 비로소 자연의 질서와 억압에 저항하는 '관능적 상상력'과 '변태적 욕구'를 감질나게나마 충족시킬 수 있고, 우리의 일탈욕구(逸脫欲求)를 위안 받을 수 있다. 즐거운 권태와 감미로운 퇴폐미의 결합을 통한 관능적 상상력의 확장은 우리의 사고를 보다 자유롭고

풍요롭게 만들어준다. 인류의 역사는 상상을 현실화시키는 작업의
연속이었다. 꿈이 없는 현실은 무의미한 것이고 꿈과 현실은 분리
되지 않는다.

*

제법 유명한 나의 소설 『즐거운 사라』를 쓴 1991년 여름을 전후
하여 내 작품 스타일은 많이 바뀌었다. 그 이전까지는 유미적 쾌락
에의 욕구와 현실 상황에 대한 고뇌 사이에 양다리를 걸치는 식의
내용이 많았다. "여인의 긴 손톱은 섹시하다. 그러나 그런 손톱은
'민중적 손톱'은 아니다"라는 식으로 말이다. 나는 공연히 '민중적
고뇌'로 괴로워하는 척하면서 지식인의 명예욕을 충족시키고 있었
던 것이다.

*

나의 초기작에서는 치열한 고뇌와 갈등이 엿보이는데 그 뒤의 작
품은 너무 퇴폐적으로 흐르고 있다고 지적해주는 분들이 많다. 그
러나 오히려 나로서는 그 '치열한 고뇌의 정신'이 부끄럽고 창피하
게만 느껴진다. 말하자면 나는 솔직하게 발가벗지 못하고 그저 엉
거주춤 발가벗는 척하기만 했기 때문이다.

*

그 이후로 나는 그런 지식인의 위선을 떨쳐버리기로 결심하였다.
아무런 단서나 변명 없이도, 여인의 긴 손톱은 아름답고 야한 여자
의 고혹적인 관능미는 나의 상상력을 활기차게 한다. 모든 사람들
을 다 민중으로 만들 것이 아니라 다 귀족으로 만들 수 있도록 해야

한다는 것, 그래서 귀족들만이 누렸던 감미로운 사치와 쾌락을 상상으로라도 맛볼 수 있도록 해야 한다는 것이 요즘의 내 생각이다.

✽

사람들은 모두 '진정한 쾌락'을 위해서 산다. 지배계급에 대한 적의(敵意)는 쾌락에 대한 선망일 뿐, 숭고한 평등의식의 소산은 아니다. 누구나 잘사는 사회, 누구나 스스로의 야한 아름다움을 나르시시즘으로 즐길 수 있는 사회를 만들어야만 한다. 일을 안 해 '희고 고운 손'을 질투한 나머지 모든 여성의 손을 '거칠고 못이 박힌 손'으로 만들어버리자고 신경질적으로 주장해서는 안 된다. 모든 여성의 손을 다 '길게 손톱을 기른 손'으로 만들어야 한다.

✽

하지만 솔직히 말해서 현실 속의 나는 여전히 외롭다, 외롭다. 모든 도덕과 이데올로기를 떨쳐버리고 진짜 관능적인 사랑만 나누기를 나는 애타게 기다리고 있다. 과연 그 누가 나의 허기증을 달래줄 수 있을는지. 그 어느 날에나 나는 상상 속의 장미여관이 아니라 진짜 현실 가운데 존재하는 장미여관에 포근하게 정착할 수 있을는지. 그래서 이토록 허무한 인생을 잠시라도 탈출할 수 있게 해줄는지.

涉世論 섭세론
마광수 아포리즘

1판 1쇄 인쇄　2016년 3월 15일
1판 1쇄 발행　2016년 3월 20일

지은이　마광수
발행인　전춘호
발행처　철학과현실사

등록번호　제1-583호
등록일자　1987년 12월 15일

서울특별시 종로구 동숭동 1-45
전화번호 579-5908
팩시밀리 572-2830

ISBN 978-89-7775-791-2　03800
값 15,000원